▲ 勾嵊山航拍图

▲安华镇商业中心

西施故里一角▲

▲勾乘山村中古樟树

勾乘山村宣家塘小木桥▲

▲勾乘山村入口

勾乘山村文化礼堂▲

▲勾乘山村文化长廊

勾乘山村游客服务中心▲

▲越善村牌坊

勾嵊山传奇

诸暨市安华镇勾乘山村村民委员会 主编

中国国际广播出版社

图书在版编目（CIP）数据

勾嵊山传奇/诸暨市安华镇勾乘山村村民委员会主编. —北京：中国国际广播出版社，2022.5
ISBN 978-7-5078-5135-9

Ⅰ.①勾… Ⅱ.①诸… Ⅲ.①散文集—中国—当代 Ⅳ.① I267

中国版本图书馆 CIP 数据核字（2022）第 080938 号

勾嵊山传奇

主　　编	诸暨市安华镇勾乘山村村民委员会
责任编辑	王立华
校　　对	吴光利
装帧设计	吴有森

出版发行	中国国际广播出版社有限公司 ［010-89508207（传真）］
社　　址	北京市丰台区榴乡路 88 号石榴中心 2 号楼 1701
	邮编：100079
印　　刷	廊坊市海涛印刷有限公司

开　　本	710×1000　1/16
字　　数	182 千字
印　　张	14.5
版　　次	2022 年 5 月　北京第一版
印　　次	2022 年 5 月　第一次印刷
定　　价	78.00 元

版权所有　盗版必究

《勾嵊山传奇》编辑委员会

顾　　问　吴旭东　曹建国
主　　任　郭剑东
副 主 任　陈炜炜
委　　员　何新光　何建强　何玲林　何瑶芳　何剑波　何树军　王丹英
　　　　　卓　强　王　燕　宣汉光　何利江
策　　划　何建强
主　　编　何新光
副 主 编　宣友浪
执行主编　陈孝平
编　　辑　毕丹丹　屠渭兔　顾春芳
摄　　影　陈泓亘

序一
情系古今 思接千年

接到《勾嵊山传奇》编委会的作序邀请时，我诚惶诚恐，一再婉拒。惶恐是因为我是新诸暨人，对诸暨了解不深，对勾嵊山的研究更少；婉拒是因为相比作者而言，自己是晚辈，才疏学浅，难当重任。编委会希望我为勾嵊山的开发做一些工作时，我的肾上腺激素突然飙升，有种非参与不可的冲动，因为近年来，我带领团队，立志让手机成为"新农具"，让流量成为"新农资"，让农民成为"带货主播"；着力构建"新农科＋新媒体＝新农民""农特产品／乡村文旅＋新零售＝乡村振兴"的理论体系、技术赋能平台和应用范式。

曾经在昆明、武汉、北京、南京、杭州等地工作数十载，2019 年 9 月，兜兜转转还是选择诸暨作为退休前的最后一站，也许这就是缘分。幸运的是我主持了诸暨市文化基因解码工程，让我有机会踏访名胜古迹，广交文人墨客，几乎走遍了诸暨的角角落落，成了比一般诸暨人更了解诸暨的新诸暨人。

任何一种文化都是特定区域的产物，反映着那个区域特有的历史和现实因素。每种文化皆通过各种特定社会形式和传播结构，对人类不断地进行着潜移默化的意识加工，恰如"密码"之决定电子计算机的运作一般，无声无息地直接支配着他们的思维活动和行为模式。用文化人类学家的话来说，就是戴上了一副"文化眼镜"。这副"文化眼镜"在海德格尔那里就是"理解的前结构"，通俗地讲就是我们指的文化模式和文化传统所构成的区域文化背景。

诸暨是於越文化的发祥地，东连会稽山，西接龙门岗，中洹浦阳江，泱泱盛产稻米的七十二湖畈，是古代越人居住的中心地带。诸暨区域文化特色显明，诸暨话以第四声居多，语音铿锵，听起来特冲；诸暨人性格耿直，民风彪悍，俗称诸暨"木柁"。

勾嵊山位于诸暨、义乌、浦江三县（市）交界，系会稽山余脉，海拔660米，方圆20多平方千米，史称句无山、九乘山、句践山、勾乘山等。勾嵊山独特之处在于它曾经是一座两代君王（允常和勾践）建都的宝地，是吴越之战的隘口，是勾践一路披荆斩棘的大本营，因此留下了王坟岗、刀劈石、退马坡、大墓山、天子苑等不少遗迹，流传着一个个动人的传说。可以说，勾嵊山是越国的摇篮，是越地人民心中神往的灵山与大川。勾嵊山蕴含的深厚历史文化底蕴至今仍流淌在乡民的血液中，勾嵊山方言中的"吃饭"叫"食"，"睡觉"称"眠"，高雅古朴，可见一斑。

"绿水青山就是金山银山"。规划先行，是既要金山银山，又要绿水青山的前提，也是让绿水青山变成金山银山的顶层设计。科学谋划顶层设计的基础是摸清家底，梳理文化元素，解码文化基因。

越王勾践通过"卧薪尝胆"暗蓄力量，经过"十年生聚，十年教训"的艰难崛起，终于云开见月明，称霸中原，其可歌可泣的励志故事让世人百读不厌。于是勾嵊山的民间故事征集活动由此展开，意在以民间故事这一鲜活的文学作品为载体，进一步摸清勾嵊山的人文底蕴。为此，诸暨市的作家们应邀接受了这个任务，经两年多的实地采风、典籍研究和悉心创作，第一期的《勾嵊山传奇》终于成稿付梓，可喜可贺。

这是一本跨年代、多角度、多体例的勾嵊山文集。她"杂"而不乱，风味别具,思接千年。她情系古今,淡雅如水,蕴意隽永。

《勾嵊山传奇》分为"勾嵊溯源、越地人文、山水遗迹、风物文化"四辑。

"勾嵊溯源",记录的是越国古都勾嵊山的地域来历和历史变迁,同时探索了越王勾践之父允常墓之谜,越王勾践称王的前因后果,以及王者之山为何是"王者"的真正内涵。在这里,我们仿佛能走进2500多年前的古越国境地,聆听金戈铁马闻征鼓、只争朝夕启新程之声。同时,也能看到勾践励精图治,卧薪尝胆,从吴国的阶下囚到春秋霸王的转变,从弱到强的兴国精神让后人叹为观止。

"越地人文"记录的是第一代君王允常的出类拔萃,开疆拓土,接着一代霸主勾践的临危受任,以及范蠡、西施、王后雅鱼等历史名人的传说。通过人文故事的渲染,让大家回到2500年前那个"断发文身""凭山而居""杂食蛙蛤"的南蛮民族,见证春秋五霸之一的战争故事历程。

"山水遗迹"是历史传说,记录了很多不可错过的山水美景。通过风景秀丽的九泉弯、退马坡、摇石头、白龙马传说等战争遗迹的故事,大家可以重温战时的烽火岁月,犹如历历在目,有马啸、呐喊、刀枪拼搏、战鼓擂击,勾画出当时勾嵊山的不平凡。

"风物文化",通过风物的传承,使勾嵊山文化得以发扬光大,如同山水留影,给越地人民带来了意想不到的精神食粮。鱼面、杨梅果、土馄饨、蚕茧果、安华牛淘汤等美食的沿袭,源远流长;西施与范蠡的传说,表达了家乡人民对他们最真挚的美好祝愿;雅鱼的上下桑园、西施木屐舞,更让后人睹物思人……江南女人特有的韧劲与不屈,值得后人学习传承。

山川异禀,藏龙卧虎;天地浩瀚,英雄争霸。

古越春秋,卧薪尝胆;百折不挠,还看今朝。

《勾嵊山传奇》第一期的出版是序曲,更是号角。"摸家底,造氛围,借他力,积小胜,打大仗",一步一步,勾嵊山发展的画卷徐徐展开。我坚信勾嵊山在以共同富裕为目标的"两山理论"指引下,护美绿水青山,做大金山银山,不断丰富发展经济和保护生态之间的辩证关系,在实践中将"绿水青山就是金山银山"化为生动的现实,续写新的传奇!

吴延熊

2021 年 12 月 8 日

于陶朱商学院

吴延熊　浙江农林大学暨阳学院教授、博士后,绍兴市 330 创新长期 C 类人才、绍兴市特聘专家。

序二

勾嵊风物多神秀

勾嵊山位于诸暨，它曾经是两代君王（允常和勾践）建都之宝地，是古越文化的发祥地。它曾经是吴越之战的隘口，是勾践一路披荆斩棘最厚实的大本营，是我国历史上一座底蕴深厚的"王者之山"，这里流传着一个个动人的传说，蕴含着丰富的历史文化底蕴。

据史料记载，越王勾践通过"卧薪尝胆"暗蓄力量，经过"十年生聚，十年教训"的艰难崛起，终于云开见月明，称霸中原，其可歌可泣的故事让世人百读不厌。同时，他的一举雄起之经历，也成为困境之人努力奋进、再创辉煌的励志好故事。

"绿水青山就是金山银山"，打造西施故里、开发勾嵊山观光旅游产业，是诸暨几代人的梦想。勾嵊山更因其特殊的历史地位被大家推崇，多次被列入市、镇乡文化旅游开发项目。但由于各种原因，项目开发一直悬而未决。

近年来，勾乘山村文化礼堂的设立，3A旅游村的评定，为这个系统工程拉开了帷幕。同时，源于勾嵊山的民间故事征集活动也由此展开，意在以民间故事这一鲜活的文学作品为载体，进一步提升勾嵊山的人文底蕴，让其走出去，成为诸暨深厚历史文化的象征。为此，诸暨市的作家们应邀接受了这个任务，并经两年多的实地采风和悉心创作，已汇编整理完成。《勾嵊山传奇》的出版发行为综合开发勾嵊山，做好文化先行的倡导工作开了一个好头。书中，我们还可看到西施故里的勾嵊山民间传说有何内容，在何处流传，何人承继……就像一幅导游图，为人们寻觅诸暨西施文化的根脉指点迷津，这是编者的又一良苦用心。

在安华镇党委政府的重视下，勾乘山村借文化礼堂和景区创建，邀请了诸暨市民间文艺家协会和诸暨市作家协会的作家通力合作，出版《勾嵊山传奇》一书，为开发勾嵊山文化旅游，讲好故事，搭好平台，提供了一个很好的契机。

勾乘山村着力塑造区域人文精神，大力弘扬卧薪尝胆、奋发图强、敢作敢为、创新创业的"胆剑精神"。安华镇政府召开"胆剑精神与古越文化"座谈会，致力于勾嵊山开发与古越人文精神塑造、文化品牌培育，推进文化事业和文化产业建设，不断提升文化软实力和村镇的竞争力。

勾嵊山是王者之山，有其不可替代的文化记忆。因此，我们将利用有限且独具特色的物质文化，创造和承继深厚的人文内涵，推动诸暨传统文化与现代文明旅游开发的发展。我们深信，这2500年的越地文化，只要社会各界热心人士足够重视，它的开发价值将不可估量。

作为古稀老人的我，出生在勾嵊山，对于祖辈相传的故事，从小深有感触，尔后闯荡江湖，对这片大山的故事有了更深的了解和热爱。当年，我在牌头区任人武部部长时对勾嵊山的开发有过愿望。现在该书的作者们把这些故事写出来弘扬历史，开发勾嵊山，可谓实现了我多年的夙愿。

受勾乘山村"两委"之托，信笔抒怀，权以为序。

宣友浪

2021年8月18日

CONTENTS
目 录

第一部分　勾嵊溯源

勾践兴越灭吴史论……………………………………何君君（002）

勾嵊沧桑………………………………………………何新光（010）

越国古都勾嵊山………………………………………杨士安（017）

勾嵊山——王者的摇篮………………………………陈泓亘（023）

勾嵊山的记忆…………………………………………陈国丽（031）

允常墓葬之谜…………………………………………宣友浪（037）

勾践册封发祥地………………………………………陈孝平（041）

第二部分　越地人文

开疆拓土的越王允常…………………………………李科才（052）

天子苑…………………………………………………陈泓亘（057）

一代霸主勾践…………………………………………李科才（063）

春秋奇才范蠡…………………………………………屠渭兔（067）

王后雅鱼………………………………………………陈　灏（073）

勾无亭	杨福元（078）
越山禅寺	杨士安（083）
越王殿	寿春萍（088）
范蠡祠	屠渭兔（091）
越山禅寺游记	顾春芳（096）
永兴桥	宣友浪（100）
越国古迹游步道探秘	陈国丽（102）
缘起勾无亭	吕瑜洁（108）

第三部分　山水遗迹

九泉湾	顾春芳（116）
勾嵊山下话"三溪"	宣友浪（122）
九龟朝越	阮　逊（127）
"刀劈石"和"射箭岩"	顾超杰（129）
白龙马传说	陈炳利（132）
退马坡	顾　春（135）
越女池	郦小平（139）
摇石头	燕　子（144）
王坟岗	顾超杰（147）
尝胆石	寿春萍（151）
神仙洞与摇石头	周建华（154）
金锣银锣塘	汤玉兰（156）

第四部分　风物文化

王者之剑························陈孝平（160）

雅鱼的上下桑园··················顾　春（166）

西施与范蠡······················陈泓亘（169）

杨梅果························汤玉兰（175）

范蠡与益母草····················陈　灏（178）

安华鱼面························陈炯利（183）

安华土馄饨······················黄春华（187）

安华牛淘汤······················陈　灏（190）

西施木屐舞······················顾春芳（194）

霸王鞭························陈孝平（197）

蚕茧馃························顾　春（203）

后　记··························206

第一部分　勾嵊溯源

勾践兴越灭吴史论

何君君

勾嵊山，又名句无山，会稽之余脉，"勾践所都也"。它是越王卧薪尝胆地，更是春秋末期吴越争霸无可争议的地标，见证了吴越两国的"其兴也勃焉，其亡也忽焉"。

公元前494年，越国战败，"国为墟棘，身为鱼鳖"；公元前473年，越军破姑苏，擒夫差，"越兵横行於江、淮东""中国皆畏之"，成为战胜国。

公元前492年，越王勾践君臣入吴，拘于石室，养马为奴；公元前472年，勾践兴兵北渡淮，与齐、晋诸侯会盟于徐州，周元王赐勾践胙（zuò），命名伯，诸侯毕贺，号称霸王。

短短20年，从战败到战胜，从俘虏、奴隶到霸王，勾践及越国先民们究竟做了什么？历史的戏剧性后面有着怎样的必然规律？历史在告诉我们什么？回望过去，对我们今天的民族复兴又有什么借鉴和启示？

勾践从吴国为奴归国以后，第一件事就是确定报吴的目标。他反复以复仇报国统一群臣和全国上下的思想。用他自己的话："孤之怨吴王，深入骨髓。……虽要领不属，手足异处，四支布陈，为乡邑笑，孤之意出焉。"（《越绝书·陈成恒》）勾践也反复与群臣商讨复仇大计，请教报吴方略。在范蠡、文种的帮助下制定了十年生聚、十年教训、待机而动的总体方针。文种献了灭吴九术，计倪、扶同、若成等都贡献了非常好的谋略。

越国上下一心，群策群力，走上了复仇复兴的道路。

根据现有史料，回望勾践兴越灭吴大业，个中逻辑，既有历史的偶然，更具历史的必然，概括起来可以从对己（国家建设）、对敌（对敌斗争）、对人（外交运筹）三个维度进行阐析。

一、对己

1. 在治国理念上，确立民本思想

《吴越春秋》记载：越王时问政焉。范蠡曰："天地之间，人最为贵。"大夫种曰："爱民而已。"计倪曰："夫仁义者，治之门，士民者，君之根本也。"文种详细说明了爱民的内容：利之无害，成之无败，生之无杀，与之无夺。并进一步解释说：不失其时则成之，省刑去罚则生之，薄其赋敛则与之，无夺所好则利之。要求勾践"遇民如父母之爱其子，兄之爱其弟，闻其饥寒为之哀，见其劳苦为之悲"。

勾践实践了这些思想。"于是葬死者，问伤者，养生者；吊有忧，贺有喜；送往者，迎来者；去民之所恶，补民之不足。"（《国语·越语上》）

越国还采纳了大力奖励生育的政策。《国语》记载："令壮者无取老妇，令老者无取壮妻；女子十七不嫁，其父母有罪；丈夫二十不取，其父母有罪。将免者以告，公令医守之。生丈夫，二壶酒，一犬；生女子，二壶酒，一豚；生三人，公与之母；生二子，公与之饩。当室者（当室者：家中嫡长子）死，三年释其政（释：免除；政：赋税徭役）；支子（支子：庶子）死，三月释其政；必哭泣葬埋之如其子。令孤子、寡妇、疾疹、贫病者，纳宦（纳宦：官府收养）其子。"生养繁殖人口，增加劳力和兵员。

民本思想的实施，爱民政策的推进，团结了越国民众，促进了民富国强。

《越绝书》说:"行之六年,士民一心,不谋同辞,不呼自来。"《吴越春秋》说:"于是人民殷富,皆有带甲之勇。"《国语》说:"十年不收于国,民俱有三年之食。"

2. 在发展战略上,坚持人才至上

刚从吴国归来,"勾践之地,南至于句无,北至于御儿,东至于鄞,西至于姑蔑,广运百里"。广运百里,是指方圆百里,东西为广,南北为运。越国偏处一隅,地狭民少,战略资源不多,人才是唯一依靠。所以勾践听进了计倪说的"失士者亡,得士者昌"的道理,明白了"盛衰存亡,在于用臣,治道万端,要在得贤"。越国一时人才济济,尽得其用。如范蠡、文种、计倪、扶同、若成,以至越女、陈音、欧冶子等,灿若星河。

礼贤下士。子贡东见越王,越王闻之,除道(清扫道路)郊迎(走出国都到郊外),身御(亲自驾车)至舍。《越绝书·陈成恒》记述了这段历史,并连用三个稽首再拜,描述勾践向子贡求教的诚意。"得人心,任贤士……邦之宝也。"(范蠡语)

问计于士。勾践回越以后,每遇大事,必召群臣商计:"今欲定国立城,人民不足……为之奈何?""孤欲……专恩致令,以抚百姓,何日可矣?""孤未知策谋,惟大夫诲之。"《吴越春秋》记载:"越王遂师八臣与其四友,时问政焉。"

不拘一格,唯才是用。勾践置臣:"不以少长,有道者进,无道者退。愚者日以退,圣者日以长。人主无私,赏者有功。"(《越绝书·计倪内经》)计倪年轻,当时地位低,但由于敢于直言,善于谋划,受到重用。

放权任士,知人善任,人才的作用得到充分发挥。勾践委国政于文种,使荒无遗土,百姓亲附;赴危地带范蠡,辅危主,存亡国,往而必返;奉令受使于曳庸,出不忘命,入不被尤;问谋略于计倪,候天察地,分别妖祥;托军事于诸稽郢,望敌设阵,飞矢扬兵。

3. 在经济建设上，实行富民强国

越国君臣都明白，兴师举兵必"内蓄五谷，实其金银，满其府库，励其甲兵"。范蠡一再说：民众则主安，谷多则兵强，王兼备此二者，然后可以图之也。所以劝农桑，忧积蓄，十年生聚，十年教训，是越国的基本国策。

大力发展粮食生产。勾践与计倪、范蠡反复讨论粮食问题。范蠡在《越绝书·枕中》篇中对勾践说："知保人之身者，可以王天下；不知保人之身，失天下者也。……人得谷即不死，谷能生人，能杀人，故谓人身。"在长期的粮食生产实践中，越王君臣总结了不少规律性的东西。如必须顺应天时、四季、气候，不失农时。范蠡说："发号施令，必顺于四时。四时不正，则阴阳不调，寒暑失节。如此，则岁恶，五谷不登。"计倪说："审金木水火，别阴阳之明，用此不患无功。"如总结出粮食与价格、粮食与流通的关系。计倪说："农伤则草木不辟，末病则货不出。"总结出生产与流通相辅相依的关系。

大力发展先进生产力。春秋晚期，当时最先进的制造业是青铜冶炼。《越绝书·记地传》有这么两则记载："姑中山者，越铜官之山也，越人谓之铜姑渎。""练塘者，勾践时采锡山为炭，称'炭聚'，载从炭渎至练塘，各因事名之。"《越绝书》中对湛卢、龙渊、泰阿等宝剑的描写，都说明：一是国家有专门分管冶炼的机构——铜官，二是有固定的采矿场、冶炼场、运输机构和路线，三是有令人胆寒的锋利宝剑。1965 年湖北江陵出土越王勾践青铜剑，就是文物之证。

越国还搞多种经营，个体与国营相结合，发展生产，丰富经济，保障供给。如《越绝书·记地传》载："鸡山豕山者，勾践以畜鸡豕，将伐吴，以食士也。""朱馀者，越盐官也。""因以下为木鱼池，其利不租。"有专门养鸡养猪的，有水产养殖的，有专营盐业的。

4. 在军队建设上，大力整军备战

高举兴越灭吴大旗，鼓励士气，整军备战，训练士卒。请精于射法的陈音教授用弩技术，使"军士皆能用弓弩之巧"。请善于"剑戟之术"的越女教授格斗技术，使军士"一人当百，百人当万"。

加强军队纪律。越地民风是"锐兵敢死"，惯于各自为战。为此，勾践反对"匹夫之勇"，强调纪律性，要求军队统一号令，统一行动，以发挥整体作战能力。服从者有赏，违犯者斩首。"归而不归，处而不处，进而不进，退而不退，左而不左，右而不右，不如令者，斩！"(《吴越春秋》)

解决士兵后顾之忧，振奋士气。"子在军寇之中，父母昆弟有在疾病之地，吾视之如吾父母昆弟之疾病也；其有死亡者，吾葬埋殡送之，如吾父母昆弟之有死亡葬埋之矣。""军士……莫不怀心乐死，人致其命。"(《吴越春秋》)"果行，国人皆劝（劝：勉励），父勉其子，兄勉其弟，妇勉其夫，曰：'孰是君也，而可无死乎？'是故败吴于囿（囿：指笠泽），又败之于没（没：地名，不详），又郊败之。"(《国语·越语上》)

5. 在作风建设上，致力务实修身

务实崇实。去空恭之礼，戒淫佚之行。范蠡说："所谓末者，名也。故名过实，则百姓不附亲，贤士不为用。……所谓实者，谷帛也。"(《越绝书·枕中》)

艰苦奋斗。"越王念复吴仇非一旦也，苦身劳心，夜以接日。目卧，则攻之以蓼；足寒，则渍之以水。冬常抱冰，夏还握火。愁心苦志，悬胆于户，出入尝之，不绝于口。"(《吴越春秋》)

正心修身。越王尽心自守，食不重味，衣不重彩，虽有五台之游，未尝一日登玩。《国语·越语上》载："越王非其身之所种则不食，非其夫人之所织则不衣。"

二、对敌

勾践对敌斗争的策略主要体现在文种九术中。文种的灭吴九术，确实是古人斗争智慧的高度总结。用他自己的话："高飞之鸟，死于美食；深泉之鱼，死于芳饵。今欲伐吴，必前求其所好，参其所愿，然后能得其实。"这就是利用敌人的弱点，抓住薄弱环节，一击制敌。

1. 遗良材以尽其财

越国君臣根据吴王夫差喜美殿华宅的爱好，选名山神材，婴以白璧，镂以黄金，献于吴王。"吴王受而起姑苏之台。三年聚材，五年乃成，高见二百里。行路之人，道死巷哭。"（《吴越春秋》）据说，越国送的名山神材，称为"荣楯"，送的结果就是吴国消耗国力，民穷财尽，民怨沸腾，以致巷满哭声、道见死人。

2. 籴粟槁以虚其国

越国君臣根据夫差细诬而寡智、信谗而远士的性格，卑身重礼，因宰嚭（宰：太宰；嚭：人名）求见吴王，辞曰："水旱不调，年谷不登，人民饥乏，从王请籴（籴：买进粮食），来岁即复太仓，惟大王救其穷窘。"（《吴越春秋》）

此计成功离间了吴国君臣。越王买通太宰嚭，挑拨吴王与伍子胥关系。同时借来吴粟万石，用以赏赐群臣万民。

二年，越王粟稔（稔：庄稼成熟），拣精粟而蒸，还于吴。吴王得越粟，谓太宰嚭曰："越地肥沃，其种甚嘉，可留使吾民植之。"吴民大饥。

3. 遗美女以惑其心

越王谓大夫种曰："孤闻吴王淫而好色……因此而谋，可乎？"种曰："可破。"

乃使相者国中，得苎萝山（今浙江诸暨南）鬻薪之女，曰西施、郑旦。饰以罗縠（縠：有皱纹的纱），教以容步，习于土城，临于都巷。三年学服而献于吴。吴王大悦。伍子胥谏曰："臣闻五色令人目盲，五音令人耳聋。昔桀易汤而灭，纣易文王而亡。大王受之，后必有殃。"吴王不听，遂受其女，以胥不忠而杀之。（《吴越春秋》）

美女腐蚀了夫差的心志，成天耽于歌舞升平之中，无心国计民生，也导致忠臣伍子胥被杀，吴国朝廷处于人人自危、离心离德之中。

三、对人

1. 韬光养晦

越国君臣卑身重礼，素忠为信，实施战略性欺骗。

越国大夫扶同曾经跟勾践说："击鸟之动，故前俯伏，猛兽将击，必饵（饵：顺服，收敛）毛帖伏；……圣人将动，必顺辞和众。圣人之谋，不可见其象，不可知其情。"

大夫若成也说："愿王虚心自匿，无示谋计。"

勾践命范蠡迁国都于会稽（今浙江绍兴），既是为了"处平易之都，据四达之地"，更是为了避开吴国的监视。因为水师在埤中，陆军练兵场在勾乘。

同时，造城时，外郭筑城而缺西北，示服事吴也，不敢壅塞，内以取吴，故缺西北，而吴不知也。

子贡曾经对勾践说过："无报人之心而使人疑之者，拙也；有报人之心而使人知之者，殆也；事未发而闻者，危也。三者，举事之大忌。"（《越绝书·陈成恒》）

可见，韬光养晦，示人以弱，不当头，是后起者、挑战者的不二法门。

2. 凝心聚力

外交上，越王勾践自己说："邦国南则距楚，西则薄晋，北则望齐，春秋奉币、玉、帛、子女以贡献焉，未尝敢绝，求以报吴。"主持外交工作的大夫扶同也说："吴王兵强于齐晋，而怨结于楚。大王宜亲于齐，深结于晋，阴固于楚，而厚事于吴。"越王的统一战线、友邦工作做得多好！一个四面树敌，一个八方讨好。越王很快得到回报。越军在击败吴军主力后，围困姑苏整整三年。《国语》曰："居军三年，吴师自溃。"《史记·越世家》亦曰："留围之三年，吴师败。"越围吴都三年，没有一个诸侯国救援吴国，可见吴的失道寡助。

灭吴取胜后，勾践还要把外交文章做足。他与齐、晋诸侯会于徐州，致贡于周。并以淮上地与楚，归吴所侵宋地，与鲁泗东方百里。于是被周元王赐胙，命为伯，赢得诸侯毕贺！

公元前490年，也就是勾践七年，勾践夫妇与范蠡结束囚徒生活由吴归越。《吴越春秋》有一段文字写到勾践当时的心情："至浙江之上，望见大越山川重秀，天地再清。王与夫人叹曰：'吾已绝望，永辞万民，岂料再还，重复乡国？'言竟掩面，涕泣阑干。"今天，我们走在勾嵊山下，眺望这座巍巍奇秀的王者之山，看看山下祥和宁静的村庄，同样感慨万千。越王的时代一去不复返，吴越争霸的烽烟鼓角早已远去，勾践和古越先民所创造的皇皇大业亦已烟消云散。而历史的冷峻恰恰在于，人物业绩虽然过去，但其历史足音却在现实回响，兴勃亡忽现象背后的内在逻辑仍在不断昭示——历史是最好的教科书，以人为镜，以史为鉴，古越先民们的不屈与斗争、智慧与精神是当下我们民族复兴大业的最好镜鉴。

勾嵊山传奇

勾嵊沧桑

何新光

勾乘山村位于诸暨市南,素享"王者之山"盛名的勾嵊山下,区域面积6.38平方千米,人口1611人,党员93人,耕地面积800亩,山林面积4000亩。近年来,在"绿水青山就是金山银山"绿色环保理念的引领下,乘"五星达标、3A争创"东风,勾乘山村深入挖掘勾嵊文化的丰富内涵,改善基础设施,美化村落环境,将这一方峰峦奇秀、溪河婉流的土地,窖藏着岁月,蕴藏着文化,珍藏着历史的古村落,通过整顿和改造,再现出其特有的缠绵美质和古老情怀,似诗如画,面目一新。

现在的勾乘山村由厚溪、朱家川、摇石头、俞家塘、山头后等自然村合并而成。登临勾嵊山之巅,极目远眺,不但可尽览浦阳江美景,古老的村落风貌更是尽收眼底。粉墙黛瓦,马头高悬,徽风民居掩映在青山绿树中,层层叠叠,错落有致,宛若一幅跌宕起伏的民俗山水画。那黑色的屋瓦,陈旧却精致的门檐窗槛絮絮低语,仿佛在讲述一个不老的民族历史。

勾嵊山,这片孕育了辉煌历史的土地,已经成为越国古都一张闪亮的名片。

"古树高低屋,斜阳远近山,林梢烟似带,村外水如环。"走进勾乘山村,一棵已有600多年历史的古樟树首先映入眼帘。高六七丈,围数抱,悬瘿累节,龙蟠虬结,虽饱经风雨,却依然枝繁叶茂,绿意盎然。为了更好地保护古树古木,近年来,村里设立了党员责任岗,责任到人,由党员轮流定期修护。

第一部分 勾嵊溯源

如要溯源，得从1000多年前说起。

勾嵊山厚溪宣氏

勾嵊山下厚溪的先祖是宣氏家族。宣姓始祖为宣伯翊赞鲁侯大夫，本姓姬，是春秋时期鲁恒公的孙子，后因立功，赐姓为宣。

据稽阅暨阳厚溪世系，六世之祖宣洪一日游猎到长浦，羡慕勾嵊山水之胜，于天圣终年（1030）由本邑金星之地（今暨南街道宣家村）而卜吉日，率家人在勾嵊山下的石磴处定居，尊为今厚溪村之始祖。契其嵊山，储精山水，营纡建业，居隐其间悠然林壑，修身而殷督耕读。自肇基以来，积德累功，越数世，子孙昌盛，屋舍庄严，人怀忠孝之心，美德星聚，率子孙控塘井，兴水利，造桥筑路，疏溪筑堰，唤溪从厚，故名厚溪，聚族而居，人烟稠密，商旅辐辏，也是一个商业贸易集镇。

厚溪宣氏以吴守唐咸通进士德三公宣迪为第一世祖（始祖），因祖荫仕于鲁，所以宣氏族门第号称"大夫第"。子孙后代繁茂，科第蝉联，簪

▲勾乘山村勾嵊山风景

缨奕叶，名人辈出。如东汉中丞宣秉，唐贞元年状元宣珍之、咸通年进士宣迪，宋政和年间（1111—1117）吏部尚书宣景修，等等。现代九旬老人：宣友凯，原任中国海军东海舰队政委，宁波港务局局长、党委书记。鼻祖之英灵，续存千秋，流芳百世。

明万历年间（1573—1619），厚溪宣氏之族就是邑之望族，其窿宫大厦世丽其乡，俗传厚溪盛时明厅有十八所之多，暨邑唯厚溪族氏称盛。迨至清康熙年间（1662—1722），暨邑厚溪宣氏望族逐渐衰落。新中国成立后又重始复兴。1956年高级社时改名嵊峰社，嵊峰大队（意为嵊山之峰）；2006年和俞家塘合并，行政村取名"勾嵊村"；2019年9月与越善村合并改名为勾乘山村。

原"勾嵊村"（厚溪村）还居住着何、楼、黄、赵、叶、周、汪、葛、王、边等姓氏。千百年来，这个多姓氏村落和睦相处，亲如一家。

勾嵊山何氏

朱家村何姓始祖为暨阳善溪何氏。南宋乾道年间（1165—1173），三四（字辈）四公易（名）从浙江省龙泉县迁入宣何村，传至第八代誉七公迁址矿亭，明代景泰年间（1450—1456）十二代端六十九公迁址朱家村。何姓迁址后村名为朱家村。据何氏宗谱原记述，迁址时已有朱家村所在，但后来如何消失的，相关资料已湮灭在历史尘埃中，无从查考。据前辈所说，朱家村后山脚坐南朝北，五间二楼是原朱姓留下来的，解放后有乾嵩、乾堂居住，直至2010年拆除。

朱家村又叫朱家川，这个"川"字的来历大概是因为义乌与诸暨两县联姻通婚及交友较为频繁。又因义乌方言"村"字念成"川"，如"楼村""翁村"都念为"楼川""翁川"，另，原诸暨境内叫朱家村的人甚多，就叫为"朱家川村"。民国前朱家川居民为单姓何，民国后迁入叶、林、黄、汪四姓，2006年，朱家川又和山头后村合并，改名为"越善村"。

勾嵊山曾名句无山、九乘山等，海拔660米，是越国在会稽（今绍兴）建都城之前的"於越古都"。史有越王勾践退守勾嵊山之说，是古越国成就霸业的摇篮之地，是唯一两代君王建都的"王者之山"。在勾嵊山上有刀劈石、摇头石、天子苑、王坟岗等36处遗址，至今犹存。

"胆剑"精神今古传

"苦心人，天不负，卧薪尝胆，三千越甲可吞吴。"几千年来，越王勾践的"胆剑"精神，始终是激励华夏民族努力奋进的精神图腾和不变基因。

回首过往，从"含悲愤夙愿未酬"爱国诗人陆游的忧国忧民，到"无日不枕戈思效"辛弃疾的"金戈铁马，气吞万里如虎"；从"秋风秋雨愁煞人"巾帼英雄秋瑾的侠肝义胆，到"民族之魂"鲁迅的"横眉冷对千夫指，俯首甘为孺子牛"，无不打上"胆剑"精神的深深烙印。

展望未来，"胆剑精神"在中华民族伟大复兴的历史伟业中，更将成为中国人民敢作敢为，从站起来、富起来到强起来伟大飞跃的不朽精神支柱，旗帜高悬，永无懈怠。

仰望星空，脚踏实地。勾乘山村开启乡村振兴、和谐、美好家园的争创历程。勾乘山村通过文化长廊，对村史村情、乡风民俗、崇德尚贤、美好家园、时事政策等六个模块进行宣传，打造特色的文化礼堂；通过"霸王鞭"非物质文化遗产传承项目的传承和推广，把古越文明发扬光大；通过美丽的"西施木屐舞"的演出和活动，让更多的人了解诸暨，了解勾嵊儿女刚柔并济、别具一格的风貌。同时也宣扬了西施的后辈，为了家乡的繁荣兴旺，抛却私人的荣辱，为家乡的发展、进步、强盛等不懈努力的高尚品质。

▲勾嵊山下朱家川自然村一角

第一部分　勾嵊溯源

勾嵊山传奇

　　针对勾嵊山特殊的历史渊源，巍峨的山势风貌，勾乘山村两委会借天时地利人和，打造了万米游步道。无论是晴空万里艳阳高照还是小雨淅沥薄雾冥冥，徜徉其中，仿佛仍能听到昔日金戈铁马的铿锵之音，仍能再现越王勾践"十年教训，十年生聚"的称霸故事，激励人们不断奋进，急起直追，一鼓作气，永无止境。

　　野游路上，看着满眼的翠绿，欣赏点点的繁红，更能感觉勾嵊山风光旖旎，风韵无限。这种只能临摹、只能观赏却不能复制的美，深深镌刻在游人的记忆之中。沿途还可以享受勾嵊山特色的美食：豆腐皮、牛淘汤、鱼面、帽子馄饨等。就这样，吃着本地的特色美味，笑谈人生的风采，这也是一种乐趣吧。

　　最近勾乘山村又开发出乡村休闲观光种植园，山上有"西子红美人"、梨园、葡萄园等。这些水果中的精品更能激起人们的旅游兴致，令人流连忘返！

　　"卧薪尝胆"纪念戳和"勾乘山"临时邮戳，见证了"於越文化"的传承。勾乘山村深挖"胆剑精神"人文内涵，进一步发扬"卧薪尝胆""奋发图强""敢作敢为""创新创业"的新时代人文精神，使得村容村貌焕然一新，村级经济迅速发展。通过建立文化礼堂、组织村里老人讲古越民间传说，并请作家深入开掘古越题材，编写《勾嵊山传奇》，从而为勾乘山村走向未来新的辉煌增光添彩！

　　勾嵊山上的溪泉终年不涸，围绕着村落日夜流泻，在诉说勾嵊山的故事。

第一部分 勾嵊溯源

越国古都勾嵊山

杨士安

勾嵊山,是两代君王的发源地。据史载,勾嵊山曾经叫作勾无山、勾乘山,是越国在会稽(今绍兴)建都城之前的"於越古都",是越国的摇篮,是浙江古越文化的发祥地。这样的一个历史渊源,无疑是诸暨之为"越国古都"最具说服力的一份"血统证明"。

勾嵊山,最早记载在诸暨"句乘"建立越国都城的是北宋工部尚书、宰相晏殊(991—1055)。在研究古越文化时,笔者发现以诸暨古都勾嵊山为内容所撰写的多篇文章中,曾多次提到《晏公类要》。《晏公类要》亦作《晏元献公类要》,100卷。南宋王象之(1163—1230)《舆地纪胜·绍兴府·诸暨县》引《晏公类要》云:"本越王允常所都。"同卷《景物下》:"九乘山,在诸暨南五十里。《旧经》云:句践所都也。又名句乘山,其山九层。"(卷10)

诸暨作为越国古都,学术界并无异议,无论是国家总志还是省志、府志或县志,都对"诸暨为越王允常所居(都)"做有记载:如唐宪宗时宰相、地理学家李吉甫(758—814,字弘宪,赵郡即今河北赵县人)《元和郡县志·越州·诸暨县》载:"界有暨浦诸山,因以为名。越王允常所居。"(卷26)五代后晋刘昫(887—946)《旧唐书·地理志·越州·诸暨县》载:"属会稽郡……越王允常所都。"北宋乐史(930—1007)《太平寰宇记·越州·诸暨县》载:"秦旧县。界内有暨浦诸山,因以为称。越王允常所都。"(卷

▲古越军士（诸暨五角广场雕塑）

第一部分 勾嵊溯源

▲民间传说中的越王"卧薪尝胆"遗址

▲勾嵊山天门景观

96）乐史（930—1007），字子正，北宋宜黄县人，文学家、地理学家。仕宦60余年，先后任过著作郎、太常博士、水部员外郎及舒州、商州等地地方官。乐史学识渊博，从政之余，勤于著述，前后著书20余种，1018卷。《太平寰宇记》全书200卷，130余万字，为继唐代《元和郡县图志》以后又一部采摭繁富的地理总志。罗泌（1131—1189）《路史·夏后氏后》载："诸暨，秦县，界有诸山暨浦，允常之都。"罗泌，南宋吉州庐陵（今江西吉安）人，字长源，号归愚。自少力学，精于诗文，不事科举。以史书极少言远古事者，遂博采各种典籍以至道藏、纬书，于乾道年间（1165—1173）著成《路史》。记上古迄两汉事。雍正（1723—1735）年间的《浙江通志·建置表》："周允常所都。秦，诸暨县，属会稽郡。"万历（1573—1619）年间的《绍兴

▲勾嵊山寺姆岭水库

府志》:"诸暨县,越王允常所都。或言西有楮山,北有概浦;或言无诸旧封,夫概故邑,皆上下各取一字从省稍转讹耳。"《元和郡县志·越州·诸暨县》载:"界有暨浦诸山,因以为名。越王允常所居。"(卷26)五代后晋刘昫(887—946)《旧唐书·地理志·越州·诸暨县》载:"属会稽郡。越王允常所都。"

《诸暨县志》无疑对越国古都有记载。但旧时修志,多遵"述而不作"原则,以引用前人记载为主。楼卜瀍(1714—1783)《乾隆诸暨县志》载:"越王允常故都。《元和郡县志》:'诸暨县,越王允常所居。'《越世家》:'少康庶子封于会稽,后二十餘世至于允常。'《吴越春秋》:'越之兴霸,自允常始。'""越王都。《水经注》:'《吴越春秋》所谓越王都埠中,在诸暨北界'"。楼卜瀍,字西滨。诸暨凤仪楼人。乾隆庚辰(1760)举人。师事淳安方如(1710年前后在世,字若文,号朴山)、会稽徐廷槐(1610—1695),又名笠山,号墨汀。清代学者、哲学家,雍正间进士)。又如陈遹声(1846—1920)《光绪诸暨县志》载:"古为暨国,高阳氏后,彭姓。沂之承有葭亭,即古暨国,其派者为诸暨。隶越。周为允常之都。夏后氏后。界有诸山、暨浦(《路史》);……允常卒,句践称王,都于会稽。《吴越春秋》所谓'越王都埠中,在诸暨'(《水经注·渐江水篇》),北界山阴康乐里,有地名邑中(本作'埠中')者是。句践所立宗庙,在城东明中里(《弘治府志》)。城临对江流,江南有射堂,北带乌山。先名'上诸暨',亦曰'句无'矣。"

越王勾践兵败之后,就退守在勾嵊山的平缓山谷,当时被称作"南寨"的地方屯兵养马,并留下了诸如刀劈石、射箭岩和勾践倒退上山的"马蹄形",等等。想当年,勾践之父"老越王"允常也是在这勾嵊山起兵成就大事的,此后,他创建了"越"国,建都在"埠中"(现诸暨店口、白塔湖一带),这就是史载的"越王都埠中"。之后,允常大败吴王夫差的父亲

勾嵊山传奇

阖闾，其威名显赫一时。在他死后，公元前497年，儿子勾践继位，在第二次"吴越战争"中，兵败于吴国，勾践在边战边退时，蓦然发现这一处易守难攻的绝妙避难之地，就倒退着上山，让吴兵以为他们已经下山逃窜，才得以喘气。当然，最后勾践还是不得不以一国之尊屈就于吴王，他一边与大夫范蠡一起马前鞍下地伺候夫差，一边让大夫文种在这山坳里守国三年，并屯兵养马，伺机复国。在勾践归国后，才封这山为"勾乘山"，封侧山为"越山"。

勾嵊山，一朝强国，两代霸主。越山与勾嵊山是同时受越王勾践敕封的两座"姐妹山"，以古老而朴实无华的姿态，呈现在人们的眼前。

▲勾乘山村振兴亭

勾嵊山——王者的摇篮

陈泓亘

勾嵊山系会稽山余脉，位于诸暨南部牌头、安华和义乌大陈镇红枫村交界处，大部分坐落在诸暨境内。主峰海拔660米，方圆25平方千米，勾嵊山史称句无山、九乘山、句践山、勾乘山等。在我国历史上，唯有勾嵊山是一座两代君王（允常和勾践）建都起家的"王者之山"，无疑是一座历史名山——是越国在会稽（今绍兴）建都城之前的"古都"。

从无余立国到允常前的几十代君主，像一个个"部落首领"，他们所掌权的社会，生产力极低，越地人过着"复随陵陆而耕种，或逐禽鹿而给食""人民山居"的生活。当时越地尚处于原始的农耕和狩猎经济阶段，这些受封的"越王"也只能"披草莱而邑"，形同"部落首领"。

勾嵊山越都的建立，是允常、勾践两代君王不断开疆拓土、自卫反击的胜利成果。

勾嵊山与越王允常、勾践和吴越争霸有着深厚的历史渊源，故名勾嵊山；山有九层，又名九层山。南宋王象之《舆地纪胜》载："九乘山，在诸暨南五十里，《旧经》云：勾践所都也，又名勾乘山，其山九层。"勾嵊山是越国允常和勾践建都的根据地与创业兴国的摇篮。

受晋、楚争霸战争的影响，加之两国间（吴国和越国）根本利益的冲突，吴、越结怨由来已久。具体来看，在晋、楚拉锯式的战争中，双方都想联络第三国打击对方。《史记·晋世家》载：公元前584年，晋使申公

勾嵊山传奇

巫臣"使吴，令其子为吴行人，教吴乘车用兵。吴晋始通，约伐楚"。楚亦用同样方法联越扰吴，间接削弱晋国的力量。

晋、楚争斗前后长达 80 余年，是一场南北两大集团扩大统治范围、抢夺土地和人口的斗争，夹在中间的一些小国，其势力之消长，往往受晋、楚矛盾的制约。吴国多次要求越国帮其伐楚，允常不同意参与，以致结怨。吴国进攻楚国又怕越国偷袭，才导致了吴伐越北面的重镇槜李。

吴越争霸是春秋时期吴越两国互相征伐的一段时期。公元前 537 年，吴国和越国的军队在他们的君主吴王余祭和越王夫康率领下交战，自此拉开了两国长期对峙、连年战事的序幕。

公元前 537 年允常即位，实行联楚抗吴的策略，公开与吴国对抗，楚国联合越国等讨伐吴国。越国在楚国的帮助下国力有了较大提升。

允常即位始称越王，"越王"之称始于此。允常可谓越国霸业活动的开创者和奠基者。《史记·越世家·正义》引《舆地志》中记载："越侯传国三十馀叶，历殷至周敬王时，有越侯夫谭，子曰允常，拓土始大，称王，春秋贬为子，号为於越。"

允常在位 40 年，其间其积极接受中原各地先进生产技术，发展工、农业生产和兴办冶炼厂，研制锋利的刀剑兵器，越都经三次迁移至诸暨勾

▼浦阳江畔勾嵊山风景

第一部分　勾嵊溯源

嵊山，辟治荒芜，播种五谷，人民始聚，勤奉陵祀，有了国富民强之本。同时，在他统治时期，越国疆土不断扩大，南至句无（今浙江诸暨勾嵊山），北至御儿（今嘉兴一带），东至鄞（今宁波一带），西至姑蔑（今龙游一带），江西东北一部亦属越国。《吴越春秋》卷六记载："越之兴自元（允）常矣。"

吴越二国虽扭事小争，但未尝用大兵，直至公元前510年。当年，在吴国准备攻打楚国前，为解除后顾之忧，便大举进犯越国，占领樵李（今浙江嘉兴南），使吴、越间的矛盾骤然激化。《左传·昭公三十二年》载："夏，吴伐越，始用师于越也。"杜预注："自此之前，虽强事小争，未尝用大兵。"此为吴、越间大规模冲突的开始，而其时正值越王允常执政时期。战争爆发时，允常责以背信弃义："吴王以越不从伐楚，南伐越。"

公元前505年，越王允常经过数年准备后，趁吴军主力在楚都郢时决定举兵反击。《春秋·定公五年》载："於越入吴。"同年《左传》亦载："越入吴，吴在楚也。"允常之所以选择此时讨伐吴国，因为其时吴军主力正与楚国交战，故《吴越春秋·卷四》云："吴在楚，越盗掩袭之。"允常恨吴国占领樵李，于是乘机兴兵伐吴，双方矛盾日趋激化。

从地缘上看吴国欲争霸中原，必先征服越国，以解除其后方威胁；而越国欲北进中原，更必先征服吴国，才能够打通北进中原的通道，吴越战争为此延续了20余年。

此次伐吴之战,是越国历史上第一次自卫反击战争,"越王允常恨阖闾间破之檇李,兴兵伐吴",也是对此前吴军进犯的报复。从当时两国军事实力而言,吴军正处于"五战入郑"的鼎盛时期,所以越军并未能取得重大战果,但也足以显示允常战胜强敌的决心和勇气。

允常建都勾嵊山是为了联楚抗吴和向南扩张的需要,同时也奠定了霸业称王的基础。

公元前497年,允常病故。公元前496年,勾践即位伊始。宋《嘉泰会稽志·山·诸暨》载:"勾乘山,在县南五十里。《旧经》云,'勾践所都也'。"清《光绪诸暨县志》载:"勾践栖迹,在二十六都勾乘山麓。"

▲古越国军士壁雕

第一部分 勾嵊溯源

吴王阖闾趁允常之丧攻越。越国军民痛恨吴国乘人之危的行径，同仇敌忾，奋力抵抗，大败吴军，吴王阖闾负伤死在归途中。吴王夫差继位，潜心备战，立志报仇雪恨。

《史记》记载，公元前494年，夫差率复仇大军杀向越国。大夫范蠡、文种认为上次战争以来，吴国有了三年发展，而越国目前军力不及吴军，应当避开锋芒，守城防患于未然。而此时勾践年轻气盛，不听两位大夫之劝，大开城门迎敌。结果，被吴军败于夫椒，大将灵姑浮战死，越国水军几乎全军覆没，越王勾践只存五千兵马，逃到会稽山，被迫向吴国屈辱求和。伍子胥闻之，极力反对，认为此时不灭越国，将来肯定后悔莫及。然而，夫差一意孤行，刚愎自用，不听伍子胥之计，而听从太宰伯嚭之言，答应越国的投降，把军队撤回了吴国。《史记》记载："吴王不听（伍子胥建议），听太宰嚭，卒许越平，与盟而罢兵去。"

不过，清华简《越公其事》的不少记载却颠覆了这段历史，认为夫差不杀勾践，有着不得已之处。《越公其事》记载：夫差兵围会稽山，勾践遣使文种求和，"吴王闻越使之柔以刚也，思道路之修险，乃惧"，随后夫差又与伍子胥商量，认为当年先王"天赐衷于吴"，最终守不住而被驱逐回来，如今我军伤亡过半，加之远离吴土，道路修远，后备不济，勾践8000人斗志旺盛，因此权衡之下，决定答应越国的臣服。

吴王曰："今我道路修险，天命反侧，岂用可知？自得吾始践越地，以至于今，凡吴之善士将中半死矣。今彼新去其邦而笃，毋乃豕斗，吾于胡取八千人以会彼死？"申胥乃惧，许诺。显然，夫差之所以没有乘胜追击剿灭勾践，是由于自我评估的实力不足，尤其"凡吴之善士将中半死矣"，更没有必胜的把握。

在这里勾践兵力还有8000多人，而且是奋力抵抗，不是《史记》记载的5000余人，不堪再击。从客观上看这个《越公其事》较可采信。

夫差答应勾践臣服之请后,如何面对越国使者文种呢?《越公其事》记载:吴王乃出,亲见使者,曰:"……孤所得罪,无良边人,称尤怨恶,交构吴越……孤用愿见越公,余弃恶周好,以徼求上下吉祥……孤用委命竦震,蒙冒兵刃,匍匐就君……孤敢不许诺恣志于越公?"使者返命越王,乃盟,男女服,师乃还。

三年后,勾践一行被释放回越国。返国后,勾践重用范蠡、文种,卧

▼勾践、范蠡、文种(诸暨五角广场雕塑)

薪尝胆，又送财物、美女给吴国。后来，勾践不断获得了封地。《国语》云："越臣于吴，吴更封越，南至句无，即此山也。其山九层，亦名勾乘山。南有句无亭。"经过十年奋斗，越国国力渐渐恢复起来。

公元前482年，吴王夫差兴兵参加黄池之会，以彰显武力率精锐而出。这次范蠡、文种认为机会已到，建议勾践出兵实施偷袭。越军大败吴师，攻城后杀了夫差的儿子。夫差仓促与晋国定盟而返，与勾践连战惨败，不得已与越议和。

公元前478年,勾践再度率军攻打吴国,在笠泽之战三战三捷大败吴军主力。勾践报仇雪耻,反击伐吴,正是继承其父允常的斗争精神。

越王勾践二十四年(前473),越军攻破吴都,迫使夫差自尽,勾践得以灭吴称霸,以兵渡淮,会齐、宋、晋、鲁等诸侯于徐州(今山东滕州南),迁都琅琊,成为春秋时期最后一位霸主。

2500多年过去了,两代越王的兴国称霸史,已淹没在悠悠的历史长河之中,而勾嵊山依然如故。千年古树,祠庙钟声,仿佛时刻向人们细细诉说着属于那个年代的故事……

▲古寺钟

勾嵊山的记忆

陈国丽

一

在诸暨市牌头镇浦阳江堤上向东眺望,远远有一条南北走向的高大山脉,连绵起伏,如一道屏障环护这方土地,这条黛色的远山,就是勾嵊山。

站在勾嵊山前,能让人深切感受到自身的渺小。这种渺小感,不仅来自空间,更来自历史深处。

这是诸暨与义乌两市的界山,方圆几十里,从牌头出发,开车绕行一周,便已穿过了两市(诸暨、义乌)、三镇(牌头、义乌大陈、安华),主峰王坟岗海拔660米。当地人也叫它"九层山",意为山有九层,层峦叠嶂,山势险峻。徒步进入大山深处,眼前但见峰峦巍峨,树木森森,长草遍地,与一座傲立的大山默默对视,你需要有颗很强大的内心。

这是一座王者之山。宋《会稽志》说:"勾乘山,在(诸暨)县南五十里,《旧经云》,'勾践所都也'。"清《光绪诸暨县志·坊宅志》载:"勾践栖迹,在二十六都勾乘山麓。"

一说到勾践,脑子里立马会浮现"长颈鸟喙"这词:脖子长,嘴巴尖,目光或许还带着若有若无的阴鸷。他的手下能将范蠡颇能识人,说"可与共患难,不可与共乐",竟然一言成谶。但就是这样一个面相不善的男人,在越国接近灭亡之际,三年忍辱负重,十年卧薪尝胆,励精图治,一朝灭吴,

勾嵊山传奇

建成霸业。

勾嵊山顶峰名为王坟岗,传说中有勾践之父允常之墓。在越国历史上,允常是非常重要的人物,史籍中记载"越之兴霸自允常矣"。越民

勾嵊山游步道

早期生活在山区,属半游牧半耕作状态,生活方式非常落后,是允常这位精力旺盛、才智过人的越人领袖,将旧都由山区迁到平原,大力发展农业、青铜铸造业、造船业,训练兵士拓展疆域,将原本落后的部落,打造成能与吴国争锋的越国,并自称越王。允常是越国当之无愧的开国国君。

山不在高,有仙则名。勾嵊山原本籍籍无名,但就是她,在勾践最危急险重的时候,以广袤幽深的山林,护全过他,支持过他,成为他霸图再起的"东山"。就是她,以巍巍耸立的山峰,仁厚地安顿一颗伟大的灵魂,让他葬之于高山,远望故乡。一对父子,两代越王,他们开国拓疆,死而后生的传奇人生,使勾嵊山有了王者的气度与风范。

二

《诸暨县志》记载:"越王勾践三年(前494),越伐吴,败。勾践潵于浦阳江,退守勾乘山。吴、越议和,勾践入吴为质。"

公元前494年,越王勾践出兵讨伐吴国。那时候的勾践继承王位才三年,还沉浸在两年前槜李一战,大败吴军,刺死吴王的巨大虚荣中,难免有点心高气傲。听说吴王夫差日夜练兵,欲报杀父之仇,他便先发

制人，发兵讨伐吴国。没承想："吴王闻之，悉发精兵击越，败之夫椒。越王乃以馀兵五千人保栖於会稽。吴王追而围之。"(《史记·越王勾践世家》)

吴王追而围之的地方，就是这勾嵊山，也叫剿勾山——围剿过勾践的山。

吴越争霸的故事对于自小在越地长大的人来说，早已耳熟能详。勾践、范蠡、文种……诸暨人对他们熟悉的程度，不亚于了解邻里某户人家的生平掌故。

但读到县志里这条记录，还是有不小的惊喜：许多以为很遥远的故事，竟发生在身边。

勾嵊山下有珠村，在老人的描述中，能听到"退马坡"的故事。兵败如山倒，勾践率领残兵一路南逃，退至勾嵊山下。为迷惑吴军，越兵掉转马头，后退上山，山道上留下的马蹄印只只指往前方。吴军受惑，一路前追，越军得以安全退入山中，借山高林密，休养整顿。勾践在此脱险，十几年后重建越国，封此山为勾嵊山，封侧山为越山。据说在勾嵊山上，至今还有"退马坡"的遗迹。

我们听到的传说，大都到此为止；没承想，还有更精彩的后续。

被困勾嵊山后，惶惶如丧家之犬的越王问范蠡怎么办。范蠡劝其投诚。勾践"乃令大夫种行成于吴，膝行顿首曰：'君王亡臣勾践使陪臣种敢告下执事：勾践请为臣，妻为妾……'"

这一幕，对越人来说，是忍辱负重的开始。文种双膝跪地，从越国都城一路跪行至吴军帐前，乞求投降。吴王起初采信伍子胥的意见，不予理睬。血性的越王又怎会甘心受辱，决定杀了妻子儿女，烧毁贵重的东西，与吴王决一死战。幸亏文种用美女与黄金贿赂吴太宰嚭，嚭巧言相劝，吴王才接受议和，带兵回国。

勾嵊山传奇

吴越议和的典礼,越王抵为人质,离开越国奔赴吴国的一幕,都发生在这勾嵊山下。

那一天,一代越王褪尽王者荣贵,穿着布衣,披散头发,以身为仆,去服侍自己的死敌。临走前,回顾这旧都、旧部,是否也眼含热泪?

群山为之黯然。

勾践与范蠡入吴为人质期间,文种监国三年。这三年,他鼓励生产,

▼勾嵊山顶风景

第一部分　勾嵊溯源

奖励生育，操练兵马，积蓄国力。为不让吴国察觉，他的兵马就隐藏在勾嵊山。勾嵊山半坡上的练兵场，应犹记得披发文身的越国士兵如何苦练武艺，以等来日报仇雪恨，一雪国耻的情形。那低沉有力的呐喊，那刀光剑影中翻腾跳跃的身影，多少年，还留在勾嵊山的记忆里。勾嵊山无疑是越国由弱转强的摇篮。

公元前490年3月，吴王夫差赦免勾践君臣返国，勾践接受范蠡"不处平易之都，据四达之地，将焉立霸王之业"的建议，迁都至会稽（今绍兴）。勾嵊山因此渐渐沉寂，金戈铁马，剑拔弩张，含恨忍辱，都成为一种记忆，载入古越国的史册中。

三

2000多年时光悠悠，如今的勾嵊山，已是一座有着精神象征的山，眼前是一座山，背后却隐藏一种坚韧的意志，一种永不言败的人生底气，她深深影响着生活在这片土地上的一代又一代人。

"允常旧都，南极勾无，竹简良材举世无。十年教训沼强吴，薪胆起霸图。拯民救国学愈愚，纵鼙鼓声声，还读我书……"

这慷慨激昂的歌曲，是由诸暨大儒徐道政作词、蔡雪亮作曲的《同文校歌》。那时，日本侵略军的战火已弥漫到牌头，同文校舍被日军所毁,同文学子"以文兴国"的爱国热情却因此越发炽热。他们移址越山寺,读书练武,立志报国。这首在抗战中诞生的校歌,日日激励着硝烟中坚持求学的莘莘学子。原本文弱的书生身上,这股不怕死、不服软的劲,难道和勾嵊山没有关系?

又,《诸暨县志》记载:1941年4月23日,千余日军向白峰岭侵犯,中午,以五百余兵力向勾嵊山猛扑。这年,勾嵊山一带成为浙东会战的主要阵地之一,中国军队与日军展开惨烈的拉锯战,中国官兵浴血奋战一个多月,为抗日救国前仆后继,英勇作战,伤亡人员达一万二千,这些无惧无畏的壮士,面对强寇,硬是用血肉之躯保卫了诸暨。

勾嵊山,自古就是一座英雄的山,一座永不屈服的山。

现为浙江美术馆馆长的斯舜威先生早年写过一篇《诸暨人》,对诸暨人性格的分析鞭辟入里,他说:"诸暨人既有北方的豪放强悍,又有南方的敏慧灵秀……野,能野到极处,故多出武将猛士;文,能文到妙境,故多出文人墨客。这种特殊的地域文化性格,与诸暨特殊的地理环境和历史背景密切相关。"

的确,一方山水养一方人。勾嵊山,古越国,越王,越山……这山水与人文,给予越地人丰富幽远的精神滋养,并泽及一代代的后辈。

第一部分　勾嵊溯源

允常墓葬之谜

宣友浪

勾嵊山西麓有一处"凉网形"的小山突起，据明时《暨阳厚溪宣氏宗谱》记载叫"大墓山"。这里是一个很大的土墩古墓群，顾名思义此处必有大墓，据说和越王允常有关。因为从历史的观点看，布衣百姓是绝无大墓的，有大墓者必定是帝王将相。

那大墓的墓主究竟是谁呢？至今还是个谜。暨阳厚溪宣氏望族，自北宋天圣年间（1023—1032）

▲绍兴印山墓地允常塑像

勾嵊山传奇

起,一直世居勾嵊山西麓,迄今已有978年了。根据《暨阳厚溪宣氏宗谱》有关记述,以及前辈传说,纵观"大墓山"之貌,它极像一顶晾着(张开)的渔网。网脚之处建有十八穴空坟,形似张开的网,因此大墓山亦有人叫"凉网形"。

"大墓山"的上方和两旁,全是石塔露面的山崖砾石,唯独这凉网形"大墓山"土层较厚,观其貌察其形,是一座人工堆筑有大型古墓的山头,地表显示的是古时群墓。山脚下原有"长塘""坟山塘",按山势地形来看,此处不可能有天然的"长塘""坟山塘",这"长塘""坟山塘"定是人工"担"出来的人造堪舆,其土可能是挖了担去做大墓的封土了。

▼勾嵊山里的大墓山

第一部分　勾嵊溯源

至今"大墓山"的古墓群，因摇石头村居民迁徙至此，砌屋挖地基，已挖掉了不少古墓，据判析均是坟上葬坟。这里曾挖掘出896年前的北宋古墓，红砖铺面的墓道，埋藏者"崇宁"年号的古钱，以及簪、盘、盏之类的殉葬品和陶质的地下水管等古物。如今发现"大墓山"3米多深的黄土层结构还显得非常疏松，其底下可能还有更大的古墓，这墓主可能是勾践之父——允常。

对王坟允常之墓，当地百姓另有一个传说，说是勾嵊山巅有王坟。明《万历绍兴府志》也有"冈上有古坟遗址，俗名越王墓"的记载。王坟岗因为勾践的父亲允常葬在这里而得名。王坟岗，地势呈金字形，山上多有

岩石，只有一亩之黄土地。王坟岗也因闻名而多劫难，寻坟盗宝、猎奇的人纷至沓来，弄得好端端一块山地千疮百孔，但没有传说过盗墓者挖出一件随葬品来。所以王坟岗真的是否王坟所在，仍是一千古之谜。

　　1998年6月中旬，《浙江日报》和《钱江周末》均发表了文章，谈到众多专家学者倾向于绍兴印山大墓便是木客大冢，初步认为大墓所葬的是勾践之父——允常。当然此种说法仅仅是"初步认为"和"倾向性"的说法。因为印山大墓中没有发现能证明墓主身份的铭文，没有找到有关允常的第一手文物证据。而诸暨境内的勾嵊山则是众多古越史实的印证地。

　　根据《诸暨县志》《西施故里名人谱》和民间的广泛传说，勾嵊山之巅是"王坟岗"传为勾践葬父于此，系允常家庐。故历代在此山巅进行无数次的"官盗"和"私盗"，却又从未有人知道在此山巅是否发掘出越王墓的殉葬品和有关古越之文物。

　　"王坟岗"之名，非同小可，在漫长的封建社会里，帝王之墓穴，不是随心所欲轻而易举地可以说喊的，倘若无稽之谈，定将遭到灭顶之灾。勾嵊山有"王坟"是无疑的。据说有一张《大墓山墓图》流传于社会，有人按图索骥到此盗宝，终因无法破解"上七八、下七八、左七八、右七八、中七八"的方位秘诀，每每空手而归，这也不能说王坟在大墓山的传闻是没有丝毫出处的；如果说王坟在大墓山，那么王坟岗上无王坟，自然也说得过去。传说固不足信，到底大墓山是否空有其名，则有待后人进一步的稽考了。

　　"王坟"究竟是在勾嵊山山岗，还是在别处呢？在考古和搜集民间传说中，近两年来却有新的发现，有人以全新的视角，多方面考证，提出"勾嵊山凉网形大墓，墓主很可能是越王勾践之父——允常"的说法。

　　时隔2500多年的今天，真正的"王坟"在何处，依然是一个谜。想揭开历史的真相，有待考古学者的进一步探究。

第一部分 勾嵊溯源

勾践册封发祥地

陈孝平

勾嵊山海拔660米,九曲十八弯,方圆25平方千米;侧山越山,海拔190米,倚靠勾嵊山,层峦叠嶂。越山虽是勾嵊山的侧山,但据当地百姓传说,其是两代越王屯兵的地方,扼婺越要道,地理位置十分险要。此外,勾嵊山下的珠村传说是越王宫所在地,是勾践创业兴国、春秋争霸的摇篮,所以受到分封。无疑,勾嵊山是於越文化的发祥地,称得上一座真正意义上的历史名山。

▲古越国军民劳作场景(诸暨五角广场壁雕)

勾嵊山传奇

一

沿越山溪向东进入勾嵊山麓下,有一个自然村叫珠村,是诸暨市目前唯一设有越王殿的地方。相传该村周氏祠堂(越王殿),建于清乾隆年间(1736—1795),从初建的三间小屋,到大殿、亭、厢,几经修缮,至今已过了300多年的历史。

对于勾嵊山和越山为什么会受到越王勾践的册封,还要追溯到2500年前的古越国历史。当地百姓认为,越山就是勾践屯兵的地方,而勾嵊山珠村是古越国允常和勾践父子两代君王都城的所在地。

据史料记载,勾嵊山又叫句无山、九乘山、句践山、勾乘山等,是越国在绍兴建都城之前的"古都"。如果说埤中(今店口、阮市一带)是越国建国之发端,大部(今枫桥一带)是越国稳定过渡时期的聚集地,那么勾嵊山便是越国由弱到强,位列春秋五霸的摇篮。

越山地理位置非常重要,山上青松翠竹,风景秀丽,据说勾践还曾在其山腰平缓处屯兵养马。公元909年,越山寺在此地被建造了起来,其又名"云居禅寺",因香火旺盛而闻名。

▼勾嵊山珠村风景(传说中越王宫位置)

第一部分　勾嵊溯源

距越山不远处的珠村，坐落于勾嵊山的环抱之中，该村南北纵深约达2千米，一条山溪从村中静静流过，呈一片祥和之态。村前一块平坦的山地是种植粮草和屯兵养马的好地方。

村口的越溪江，水陆进出自由。其往外可延伸至宽广的浦阳江，那里可停靠上百艘越国水军战船，是浦阳江灵姑浮水军基地后勤补给的最短路线。越溪江对面是一个百米高的长形小山，像是守卫村口的哨兵，山下面是暗红色岩石壁，易守难攻。从远处望去，整个村落图景清晰地映入眼帘：村的三面是层叠的山峰，绵延不断，组成了勾嵊山的侧山脉，是进可攻退可守的天然屏障。

二

允常是越国的第一代越王，当初其建国都于埠中和大部，最后又选择迁都至勾嵊山，主要是因为其意识到了自己国小力弱，需要大山来庇护，因为那时的高山峻岭往往意味着生存和安全的重要保障。而勾嵊山和越山，正好具备了进退自主的建都条件，越山和珠村具备极佳的地理位置，故被两代越王选中也在情理之中。

勾嵊山传奇

勾嵊山无疑是两代越王理想的建都立业的基地,也是吴越之争时,越国屯兵创业地之一。宋《会稽志》载:"勾乘山,在县南五十里。《旧经》云,'勾践所都也'。《国语》云:'越臣于吴,吴更封越,南至勾乘,即此地,山南有勾乘亭。'"

▲ 越山寺

如今,勾嵊山有退马坡、马蹄印、射箭岩、刀劈石、南寨营盘、卧薪尝胆居等众多历史遗迹以及与此处有关的民间传说,足以说明,古越国在这里曾发生了惊天地、泣鬼神的历史事迹。越王勾践曾在这里励精图治、发愤图强、忧劳兴国。作为"卧薪尝胆"故事的发生地,勾嵊山在中华文明史上有着独特的地位和深远的影响。

走进珠村,我们会发现村子南北直径约 2 千米,宽约 1 千米,整体呈现出长方形的状态,卧在这青山怀抱之中。整个山村地形较为平坦,一条山溪从勾嵊山流淌下来,给村民和耕作提供了用水保障。村西面是居住区,东面为主要农耕地。村外两边矗立着高高的山峰,山溪中的水流从村

第一部分　勾嵊溯源

▲珠村草地

▲山中小亭苑

口缓缓经过。由于村路边均建造了房屋,所以很难发现这个长长的纵深村落。

村子可通往勾嵊山的半山腰,有一处屋基遗址,按当地村民的说法,其是当年勾践兵败回国后建造的草房,也是勾践卧薪尝胆,东山再起的居住地。此外,山岙深处,还能直通勾嵊山上的点将台、试刀石、敢死尖、王坟岗等遗迹。

三

夫椒之战,是勾践的失败之战。这场战争要追溯到公元前494年。越王勾践得知吴王夫差要来犯越之信息,认为三年前就打败过吴王夫差的父亲,现在越国已具备足够的实力攻打吴

▲刀劈石

国来犯之敌。而范蠡和文种认为，当下的吴国已不是昔日的吴国，因为吴国通过三年休养生息和强国之策，在兵力和国力上都要强于越国，应当避其锋芒，以守为上。不过，勾践没有听从范蠡和文种的意见，执意伐吴。此后，勾践便发动了夫椒之战，派出300余条战船和水兵出航，去偷袭在太湖椒山吴国在建的水军基地，结果寡不敌众，大将军灵姑浮被杀，越国水军覆灭。勾践率领残部回到诸暨境内后，沿浦阳江向勾嵊山方向撤退，到达牌头长潭埠时，兵分两路：勾践率领一路亲兵人马，转向越山方向退至老营地；另一路兵马由大将诸稽郢率领，沿浦阳江直行向安华方向进发，然后到勾嵊山深处会合。

夫差的二万兵马紧追而来，勾践到达珠村口上山时，正遇到吴王夫差从山上杀下来，勾践一刀向吴王夫差劈去，夫差侧身避过，刀砍在山石上，山石震开一半滚下山去，留在山上的石头，被削出了光溜溜的一面刀痕，后人称其"刀劈石"。夫差躲过勾践一刀后，随即转身拉弓，箭嗖的一声射去，越王急忙躲闪，箭射到对面横廾山的岩石上，留下一个深洞，此岩石就是"射箭岩"了。

勾践的两路兵马在勾嵊山会合后，与吴军对阵，先后在沙战头和大仗坞发生上千人的激战，厮杀声惊天动地，尸横遍野，血流成河。

四

面对这场战争的失败，勾践痛悔不听范蠡和文种的劝阻，造成如今败局。最后勾践考虑到越国生计，听从范蠡之计，接受入吴为奴，以期东山再起。

入吴三年期间，勾践受尽屈辱，通过给吴国送财物，送美女，投其所好，博得吴王夫差的好感，最终勾践被赦免归国。夫差封勾践以百里之地：

勾嵊山传奇

▲农村桑地

"东至炭渎，西止周宗，南造于山，北薄于海。"其面积不足越国原版图的十分之一。此后吴王又"增之以封"，"东至于勾甬，西至于檇李，南至于姑末，北至于平原，纵横八百余里"。越封地的扩大，为勾践创造了复国的基本条件。在封地上，勾践发布亲民政策，免三年劳役、赋税；鼓励农耕，蓄积人口，并暗中命范蠡在会稽山秘密屯兵训练，在越山建立南寨兵营。自己和百姓共劳作，并建"尝胆居"，在床前挂一个苦胆，每天早上起来尝一下，以提醒自己："勾践，你记得石屋之耻了吗？"这就是人们常说的卧薪尝胆的故事。

越王夫妻在勾嵊山种桑养蚕，纺纱织布；在会稽山、越山操练越兵，亲力亲为，提振了百姓的奋发精神，全国上下，军民团结，一致谋求复国大业，为勾践复国准备和春秋霸业打下了坚实的群众基础。

后来，勾践从勾嵊山迁都会稽（今绍兴），以图谋霸业发展，"封此山为勾乘山，侧山南为越山"。

第一部分　勾嵊溯源

　　一座青山，两代君王，受恩封山。在众多历史名山中，一山二封是很罕见的现象，而且以国字号封"勾乘侧山为越山"，可见越山在当时勾践心中的显要位置。之所以重要，或许只有一种解释，即此处为越王勾践兵败，避居此山，后突围得脱，曾是越国重要的军事指挥中心，也是勾践一生中最艰苦的创业之地，更是古越国转危为安、由弱转强的发祥地。

第二部分　越地人文

开疆拓土的越王允常

李科才

允常（？—前497），一作元常，姒姓。在春秋时期，人们认为"国之大事，惟祀与戎"，即祭祀和战争被视为一个国家的头等大事。因大禹在巡狩会稽（今绍兴）时驾崩，随后安葬

◀越王允常画像（印山越国王陵内）

在越地，夏后帝少康恐怕大禹的祭祀断绝，于是就把其庶子无余封到会稽。无余"文身断发，披草莱而邑"，以守禹之墓冢，奉禹之祭祀，建立了越国，至允常的时候，已过去30余世，1000多年了。

当时，虽然吴越两国同音共律、同气共俗，为同族相邻之国，但因战略地理的因素，常相攻伐，势如水火。《左传·襄公二十九年》记载："吴人伐越，获俘焉，以为阍，使守舟。吴子余祭观舟，阍以刀弑之。"这段记载表明，在公元前544年，吴国曾公开侵略越国，越人被掳去作为奴隶看守舟船，越国的俘虏不甘屈辱，伺机反抗，还把吴国的国君余祭也给弑

第二部分 越地人文

杀了，这应该也是吴越两国相互攻伐的开始。

周景王八年（前537），吴越两国在越国北部边界一个叫槜李（今嘉兴西南）的地方发生了战争，不久双方缔约媾和，暂时休兵罢战。

周敬王十年（前510），越侯夫镡去世，允常继任越国君主之位，在国内整军经武，积蓄国力，实行联楚抗吴的策略。不久，吴王阖闾为了试探越国新王的态度，派出使者来到勾嵊山，以兄弟邻邦的名义，告之吴即将伐楚的重大机密，希望越国起兵相助。越王允常反复斟酌，考虑再三，决定不能造次，万全之计，还是暂守中立，以观大局，于是，他婉言答复吴国使者。阖闾得到回报后，随即以越国不随从吴国讨伐楚国为由，发兵攻打越国。越王允常亲自披挂上阵，理直气壮地向吴王责问道："吴国为什么不遵守以前订立的盟约，抛弃纳贡赏赐的盟国，而想消灭亲近友好的国

▼勾景嵊山长塘水库

▲印山越国王陵

家？"阖闾虽然理屈词穷，但仗着自己军力强盛，不听允常的求和之言，仍然决意攻击越国。允常不畏强暴，身先士卒，率领越国军队抵抗吴军的侵略，终因两国实力差距较大，越国军力不足，导致檇李失守，被吴军狠狠地劫掠一番。檇李一战，展开了吴越史上从未有过的大规模厮杀，也正式揭开了吴越之间长达35年生死之搏的大幕。

周敬王十四年（前506），吴王阖闾在孙武和伍子胥辅佐下，联合唐、蔡两国，率军大举伐楚。吴军从淮水流域西攻到汉水，五战五捷，势如破竹，攻克了楚国都城郢都，迫使楚昭王出逃。此时，吴王阖闾身在郢都，吴军主力久出不归，全军上下开始骄横跋扈，国内兵力空虚。公元前505年，允常见此大好时机，为报五年前的檇李之仇，决定集全国之力，首次主动出兵讨伐吴国，真可谓"螳螂捕蝉，黄雀在后"。此战，越国军队攻入吴国境内，取得了胜利，也彰显了允常英明神武、战胜强敌的决心和勇气。自此，吴越两国之间的怨恨越来越深，相互攻伐，战争日益频繁。

第二部分 越地人文

▲绍兴印山王陵石碑

允常为了联楚抗吴和向南扩张的需要，建都于诸暨勾乘，接受中原各地先进生产技术，发展农业、陶瓷业、纺织业、造船业、编织业等。因为作战兵器的需要，允常非常重视冶炼业，曾请铸剑名师欧冶子铸造宝剑，得到工艺精良、坚韧锋利的青铜宝剑五把，取名为湛卢、纯钧、胜邪、鱼肠、巨阙。铸剑时赤堇之山，破而出锡，若耶之溪，涸而出铜，雨师洒扫，雷公击橐，蛟龙捧炉，天帝装炭，太一下观，天精下之，故而名扬天下。越国在越王允常的英明治理下，国力开始日益强盛，并积极向外采取扩张政策，"拓土始大"。至允常晚年，越国所治理的疆土已南至句无（今诸暨一带），北至御儿（今嘉兴一带），东至鄞（今宁波一带），西至姑蔑（今龙游一带），疆域几乎覆盖了今天浙江省全境，江西东北一部亦属越国。自允常开始，越国君主始称为"越王"，允常也成为越国霸业的开创者和奠基者，然而终其一生，越国的实力仍然难以与宿敌吴国相抗衡。

周敬王二十二年（前498），在楚国较为失意的范蠡，邀请担任宛令的文种一起来到越国国都勾嵊山，求见越王允常，为越国建言献策。当时正值允常励精图治、求贤若渴之际，越王允常和二人谈论了整整一天一夜，并"常与言尽日"，叩问治国强兵以及如何成就霸业的方略，范蠡和文种对答如流，双方一拍即合，越王非常满意。不料，却遭致一个叫石买的越国大夫的嫉恨。石买在当时颇有权势，又能说会道，他担心二人一旦被重用，肯定要分自己的权力、断自己的财路，于是想方设法阻止。他对允常进谗说："范蠡、文种二人是楚国人，肯定会维护楚国的利益，说不定是楚王派来的奸细，大王一定要三思啊！"但允常还是不为石买的谗言所惑，仍然决定任用二人为客卿。

公元前497年，一代明君允常因病去世，由其子勾践继任王位。勾嵊山顶王坟岗上的越王墓，传说就是勾践为葬其父越王允常而建造的冢庐。位于绍兴的木客大冢，则或为后来的迁葬之处。

第二部分 越地人文

天子苑

陈泓亘

在会稽山脉南端的勾嵊山中,有一个名叫"天子苑"的地方,据当地村民说是当年越王勾践卧薪尝胆的地方,又是藏兵练兵的指挥中心,这里沉淀了2500多年的难忘历史。

勾嵊山位于安华镇、牌头镇、义乌(楂林镇)之间,海拔660米,面积25平方公里。据宋《嘉泰会稽志·山·诸暨》载:"勾嵊山,在县南五十里。《旧经》云,'勾践所都也'。"清《光绪诸暨县志》载:"勾践栖迹,在二十六

▼勾嵊山天子苑风景

都勾嵊山麓""相传为勾践栖妻子处"。

勾践作为太子时,一日沿浦阳江南行至勾嵊山,见此山东连会稽山脉,绵绵不断,山峰仅次于会稽山顶(东白山)。九层峰峦,古树参天,峰回路转,山雾茫茫,景色怡人,大有王者之气势。山下土地肥沃,千丈宽的湖面,清水绿波,真是山水秀丽,风水尤佳。山上可屯兵,山下可种粮,更是建都立业的理想之地。于是,勾践在征得其父允常同意后,在勾嵊山建立新都。

勾践在城中设立王宫,在勾嵊山上建立桑园,在湖头村屯养水军,沿浦阳江两岸耕种农作物,利用山地种桑养蚕,自给自足,让百姓安居乐业,丰衣足食。

越都新城建好后,父子同心,改变了"人民山居""复随陵陆而耕种,或逐禽鹿而给食"的生活,受到了百姓拥戴,国力有了进一步的发展。

越王勾践的父亲允常在世时,由于不肯帮助吴国攻打楚国,从此两国结下仇恨。春秋后期,吴国和越国为了争夺土地、人口和财物,展开了激烈的生死交战。吴王夫差的父亲阖闾,在这次与越国的争战过程中受重伤而亡,从此吴越结下深怨。

▼勾嵊山风景

第二部分 越地人文

允常死后,公元前496年,勾践新政。此时,夫差认为报杀父之仇时机已到,亲率大军伐越,结果溃败。

公元前494年,夫差经过奋发图强,拜伍子胥为大将,准备再次攻打越国。勾践得知这一消息后,认为自己国力强大了,足以和吴国一拼,不听文种、范蠡之劝,贸然伐吴。两军会战于夫椒(今江苏吴县),越国大将灵姑浮阵亡,勾践被吴兵追杀,存下五千兵马,退守老营地勾嵊山,后在会稽山又被吴军围困。

勾践虽有退马坡之技,天灯盏之说,仍无法摆脱吴王夫差的追杀,眼看越国就要灭亡,跟范蠡说:"懊悔当初没有听你话,弄到了这步田地。现在我该怎么办呢?"

范蠡进言:"战局已至此,我们唯一的办法就是暂降于吴,越国或许尚可残喘。如果吴国接受的话,您只好暂且委屈一下,做吴王的奴仆,然后寻找时机,以求东山再起。"

无奈之下,勾践遂派文种到了吴王营地求和。文种在夫差的面前将勾践想投降的意愿阐述了一遍。夫差与伍子胥商量,认为当年先王"天赐衷于吴",最终守不住而被驱逐回来,如今我军伤亡过半,加之远离吴土,

道路修远，后备不济，勾践全体人马斗志旺盛，因此权衡之下，决定答应越国的臣服。

勾践到达吴国后，侍奉吴王。夫差就让勾践夫妇住到了阖闾的坟旁一间石屋内，让勾践为他喂马，范蠡也做着奴仆。夫差每次坐车走出去，让勾践给他牵马，勾践受尽屈辱。

三年来，勾践逆来顺受，表面上非常听话，甚至尝粪辨病，夫差当真认为勾践归顺于他，就放勾践一行回国。

勾践获释重回勾嵊山以后，立志报仇雪恨。他怕安逸消磨了他的志气，于是在吃饭的桌子上面，挂上了一个苦胆，每次吃饭时，就先尝一下苦味，还自言自语问自己："你忘了会稽的耻辱吗？"他离开原来住的行宫，在一块大石上建立"尝胆"草屋，屋内悬一个猪胆，作为早晚起睡时尝胆的警示，还将床席撤去，拿来了柴草作褥，过起山居的生活。这就是后人传

▼勾嵊山风景

诵的"卧薪尝胆"。他以"尝胆居"为指挥中心,暗地里增设点将台,左右的两边山上设立练兵场。

勾践见勾嵊山上葛藤很多,为"感激"夫差放回,令国中男女入山采葛,赶织黄丝细布献给吴王,表示自己的忠顺,用来麻痹对方。这一招十分有效,吴王增加了勾践的封地,放松了对勾践的警惕。

吴王夫差看到西施、郑旦等绝色美女后,又加大了越王勾践的封地。《国语》记载:"越臣于吴,吴更封越,南至句无亭,即此山也。"

越王勾践趁势扩充了地盘,在原来的勾嵊山小城,扩建了上城区,建造歌舞台、越女池、培训越女基地。城南面扩大到句无亭(勾嵊山岙),以此完成深山训练精兵的目的。

为了让自己国家强大起来,勾践亲自参加耕种,让夫人雅鱼和百姓一起织布,来鼓励大家生产。本来有一个桑园,勾践又去开辟了一个桑园,这就是如今传说的上桑园和下桑园。

勾践听从文种、范蠡的兴国之策,韬光养晦,励精图治,整顿内政,发展生产,富国强兵;同时为蒙蔽吴王夫差,向吴国进贡金银财宝,让他放松戒备,而且暗中收购吴国的粮草,做好粮草的储备;又进贡上好木材让吴王大建亭台楼阁,耗费人力财力。更厉害的是越国用美色迷惑吴王,从此后,吴王夫差对越王勾践更加放松了警惕。

勾践用了10多年时间卧薪尝胆、忍辱负重,任用贤臣,发展生产,东山再起。经过三次战役,终于灭掉了吴国,并成为春秋时期最后一名霸主,实现了"三千越甲可吞吴"的佳话。

历史渲染了勾嵊山的"点将台""射吴山头""敢死尖""试刀石"等当年训练越甲精兵遗址的传说。

据当地村民传说,勾践居住过的地方"尝胆居",被称为"天子苑"。这地方有独特的地理风水。山中间隆起直达山岗,像一只龙头,两边伸开,像两只龙角,几千年来,不曾长有大树,也种不上庄稼,一副龙头风水不可冒犯的架势。

相传唐宋年间,曾出现过大兴土木,建庙立祠之风,有善男信女捐资在勾嵊山勾践住过的"天子苑",建立越王殿,内供越王勾践塑像,以示纪念勾践复国之志。一度香火旺盛,香客众多。但由于年代久远,在勾嵊山建造过的有关越王勾践的亭台楼阁等,早已消失在悠悠的历史长河中。

具有龙气的"天子苑",一块暗红色的大卧石,静静地躺在那里,表面长着青苔,潺潺流水从石边流淌,仿佛向人们诉说着那段辉煌的历史。而勾践在"天子苑"藏兵训练的事迹,一直代代相传,是越地人引以为豪的创业摇篮。

第二部分 越地人文

一代霸主勾践

李科才

越王勾践（约前520—前465），姒姓，一名鸠浅，又名菼执。勾践是夏禹的后裔，越王允常之子，春秋末年越国国君，《荀子·王霸》认定的春秋五霸之一。据说勾践的脖子很长，嘴巴尖得像鸟的嘴一样，看东西像老鹰一样，走路则像狼一样，给人一种比较阴险的感觉。

公元前497年，越国霸业的奠基者允常在国都勾乘病逝，世子勾践即越王位。消息很快传到了越国的死对头吴国那里，次年五月，吴王阖闾趁越国国丧，新王勾践立足未稳之际，率领大军攻打越国。越王勾践急忙从国都勾乘带兵赶到槜李（今嘉兴西南）抗击，双方军队在槜李对峙。越军首先派遣敢死队挑战，三次冲向吴军阵营，但是全部失败。最后，越王勾践让犯了死罪的囚徒走到吴军阵前，举剑自刎。吴军只顾观看这种奇怪的现象而放松防备，越军趁势攻击，大败吴军，史称"槜李之战"。此战，越国大夫灵姑浮一马当先，采取擒贼先擒王的策略，用戈攻击吴王阖闾，斩落了吴王阖闾的脚拇指，还夺得了阖闾的一只鞋子。吴王阖闾被迫还师，后阖闾因伤重死于离槜李七里的陉，临死前，嘱咐儿子夫差一定要替他报仇。太子夫差即吴王位，把阖闾葬在苏州虎丘山上，此后加紧练兵，决心复仇。

越王勾践三年（前494）二月，勾践担心夫差会为父报仇，决定先发制人，于是不顾文种、范蠡的劝阻，轻率出兵攻打吴国。越国大军进入太湖地区，与吴军决战于夫椒（今苏州西南），吴国统帅伍子胥指挥吴军诱敌深入，大败越军。勾践收拾残兵且战且退，夫差亲率吴国大军乘胜追击，越军一直溃退到勾嵊山麓。传说勾践胯下坐骑忽然掉头相向，尾朝山顶，不再前行。眼看吴军追兵即将赶到，勾践又急又恼，转身大呼道："天不亡越，当助寡人上山。"战马很有灵性，果然后退而上山，遂令吴兵反向追击而去，因此得以侥幸脱身。

越国仅剩下残部5000人，被吴军围困在山上，形势危急，勾践绝望得几乎要自杀，他站在勾嵊山顶，追悔不已，并仰天长叹道："我难道此生就如此了吗？"文种说："当初商汤被桀囚禁在夏台，周文王被纣王关押在羑里，晋文公重耳逃亡北翟，齐桓公小白逃亡莒，最后都称霸天下。由此看来，大王这点委屈能算得了什么呢？"范蠡建议勾践向吴王夫差请和，并入吴国为臣，在濒临亡国的危难时刻，勾践不得已只好接受范蠡的建议，派遣文种贿赂生性贪财好色的吴国太宰伯嚭，向吴王夫差求和。伯嚭得到贿赂，就对夫差进言："若继续进攻越国，必然使得勾践杀妻灭子，焚烧宫室，与吴国拼死一战，那样反而会使越国上下同心协力，仅剩的5000人会同仇敌忾，到时会更难从中取利。"吴王夫差认为有道理，再加上他认为现在越国已经不足为患了，于是接受了越国的请和。伍子胥告诫吴王："如今天赐良机，不灭越国，此后一定会追悔莫及啊！"吴王夫差不听伍子胥的劝谏之言，赦免了越王勾践，并从越国撤军，才算是保住了越国的最后"三千越甲"，但条件是越国的土地、人口、财富尽归吴国，勾践夫妇入吴为奴，世世不得反叛。

勾践为了安抚国人，稳定民心，在范蠡、文种的协助下，选拔了计然、诸稽郢、皋如、逢同、苦成、曳庸等一批精干人才，形成治国安邦的领导核心和重整越国的骨干力量。

公元前493年（勾践四年）五月，勾践将越国的内政托付给大夫文种，

▼勾践、范蠡塑像（诸暨五角广场塑像）

自己和夫人、范蠡等离开越国，入吴为奴，忍受百般折磨，锤成雪耻复国之心。文种留守越国，殚精竭虑，努力医治战争创伤，大力恢复国内经济，百姓同仇敌忾，越臣上下同心，准备重整越土，同时不断向吴国输贡财物，献上美女西施、郑旦等人，笼络和迷惑吴国君臣，以求夫差及早释放勾践回国。

公元前490年（勾践七年）三月，在吴国吃粗粮、睡马厩，为吴王牧马劳顿，甚至亲尝其便溺，为奴三年的勾践，终于博取了吴王夫差的彻底信任，被赦免返国。夫差封给越国百里之地，西止周宗（今绍兴凉帽尖），东至炭渎（今上虞曹娥江），南造于山（今绍兴会稽山），北薄于海（今杭州湾）。勾践回到国都勾乘之后，立志发愤图强，准备复仇。他怕自己贪图舒适的生活，消磨了报仇的志气，晚上就枕着兵器，睡在稻草堆上，他还在房子里挂上一只苦胆，每天早上起来后就尝尝苦胆，还让门外的士兵问他："你忘了三年的耻辱了吗？"他派文种管理国家政事，范蠡管理军事，他亲自到田里与农夫一起干活儿，妻子也纺线织布。勾践的这些举动感动了越国上下官民，经过十年的艰苦奋斗，越国终于兵精粮足，转弱为强。

越王勾践十五年（前482），吴王夫差兴兵参加黄池之会，以彰显武力率精锐而出。越王勾践抓住机会率兵而起，大败吴师。夫差仓促与晋国定盟而返，与勾践连战惨败，不得已与越议和。公元前478年，勾践再度率军攻打吴国，在笠泽之战三战三捷，大败吴军主力。勾践二十四年（前473），越国军队破吴都，迫使夫差自尽，灭吴称霸，以兵渡淮，会齐、宋、晋、鲁等诸侯于徐州（今山东滕州南），迁都琅琊，成为春秋时期的最后一位霸主。

第二部分　越地人文

春秋奇才范蠡

屠渭兔

范蠡石碑像

说到范蠡，他在当时的越国可是个一人之下万人之上的官场人物，并在之后被历代史家学者文人墨客称为是天生才华横溢、气质非凡、不入俗流；为人处世待人接物高瞻远瞩、独有见地；对官场则洞若观火、明察秋毫，能随机应变的杰出春秋奇才。

如果要把范蠡的那些天生有才和辉煌业绩写出来，即便用千言万语也说不尽讲不清。因此，在这里，只好说说他和诸暨真正产生关系时，即以诸暨本土说法，和诸暨人开始搭界的阶段中的种种表演——也就是越王勾践被吴王夫差打得全线崩溃、落花流水，和手下的残兵败将溃退到勾嵊山开始，所产生的一系列有关他的传闻轶事吧！

择其主要，第一件大事是，他在审时度势后竭力主张并劝越王勾践把

▲诸暨西施故里范蠡祠

残部在天然构成的屏障勾嵊山先隐藏起来；第二件大事是，为长久之计，他向勾践献策，不妨主动去吴国向夫差表示甘当手下败将当面投降，并甘愿做阶下囚，之后再审时度势，随机应变；第三件大事是，到吴国后，为得以苟且偷生，他向勾践暗中指点，在夫差那里，如何忍气吞声、做牛做马，一直忍受到使吴王夫差也觉得勾践已对他打心底里佩服为止。等到他和勾践被夫差饶过一命，回到勾嵊山后，刚喘过气来，他还是毫不放松警惕，防止夫差会在手下那些忠臣的提醒下，又动杀机。于是，他又和勾践互相谋划，想出一个美人计，在向夫差示好的表面现象下，实际上是借此企图腐蚀夫差的意志，使之堕落到一天到晚沉迷于女色，昏聩到不问国事的地步。这无疑让越国不仅有喘息的机会，并且让越国有了养精蓄锐、东山再起的极大可能。于是，从吴国放回后没几天，勾践一听范蠡出的那些点子，一下觉得按如此安排，的确是目前妙不可言的策略，便马上叫范蠡付诸行动。

就是在这样的背景下，范蠡穿上便衣简装，开始在诸暨民间暗暗物色美貌女子。他知道，按常理，在依山傍水的地方，那相对湿润温和的环境气候，一般都会影响到人的体质肌肤，也就是说，在拥有良好自然条件山水地理的地方，更容易产生体态白嫩、面容皎洁、心地淳朴的人。正因为有此思路，范蠡便顺着浣江边一路留心寻找起姑娘来。寻寻觅觅中，忽然间，他发现浣江的江岸埠头上有一浣纱女，正在静心专一、举止优雅地浣着纱。他不由得悄悄走近去，仔细打量起来。这一注视，使他顿时感到：这姑娘果然面容姣好、媚眼柳腰、婀娜多姿，让人觉得分外动人。他心里顿时认定，这正是他所要找的美女了！他做了决定，便毫不犹豫地向路过的村民打听起这浣纱女的名字、家庭来。当他知道了她名叫西施，家就在浣江边村子里后，马上赶到勾践那里做了禀报。

勾践一听，知道范蠡的眼光独到，只要是他认定了，那肯定是理想的人选，便让范蠡安排好马车随从，随即去浣江村把西施接来。

西施家里人面对突如其来的邀请，不明就里，不知所措。可当西施从范蠡那里听了事出有因，得知这是为了越国的复辟振兴，再加上女子报国史无前例的一番激励，西施便毫不犹豫地说服并告别父母，随即和范蠡上了勾嵊山。

勾践一看范蠡找来的西施，容貌让他也不由得动心，更确定范蠡的眼光真得厉害，便毅然决然地按范蠡的部署，先由他的夫人做前期准备、统一安排，然后付诸实施。于是，勾践夫人又在民间找了七八个面容姣好的女孩子，按王宫宫女的言行礼仪在勾嵊山中对她们进行培训。不久，勾践和范蠡见西施体态婀娜多姿，言谈举止有礼有节，已完全符合宫廷中标准时，便由范蠡一行陪送，一路跋山涉水，把西施送到吴国。

果然，吴王夫差一见西施便动心不已，在西施看似无意却有意的温情似水的侍候下，开始整天迷恋于女色之中，慢慢地开始不问国事，直到对忠臣伍子胥的铁面诤谏也充耳不闻，便对越国彻底失掉了警惕心，成了昏君！不用说，这才使越国上下有了重整旗鼓的时间和机会。

久而久之，见复兴的时机接近成熟，越王勾践在范蠡、文种的共同筹划选择下，先率全部兵马到会稽山下部署，重建越国；然后暗中招兵买马，日夜操练，竭尽全力使雄风再现蓄势待发。当越王勾践获得吴国在不知不觉中民心涣散国情衰颓的信息，并自觉伐吴实力已充分具备、势力已经强盛时，便挥师北上，一举灭吴，疆土并吞；又在范蠡的斩草除根的竭力主张下，使吴王夫差成为他的刀下鬼。致此越王勾践不仅报了一箭之仇，而且使越国后来成为名霸一方的强国……

在越王勾践败退至勾嵊山，喘息过来后又从长计议，然后伺机再起的这一个个事关大局的阶段，不可否认，范蠡用超凡脱俗的智慧，设计了事关越国生死存亡的战略决策，这无疑是对越国启动了全面复兴的运作；并

勾嵊山传奇

且他所发挥作用和突出表现的此时,正是处于越王勾践的残兵败将潜伏于勾嵊山中,还未获得喘息来恢复元气加以重整旗鼓的危机四伏的阶段。所以说,春秋奇才范蠡在越国的作用和地位不用多说,不仅让世世代代的人赞不绝口,敬仰不已,而且为勾嵊山留下了一个个传奇式的人间佳话,使山山水水增色!

王后雅鱼

陈 灏

春秋晚期,越国的王后雅鱼是一位传奇式的人物,她从王妃到王后,从王后到奴隶,为了越国忍辱负重,最后帮助勾践实现春秋霸业,并在勾践实现春秋霸业的那天,自刎在王宫里,完成她作为王后的最后使命。

一

相传雅鱼是勾嵊山下湖头村人,容貌出众,知书达理,温柔贤淑,深

▲勾嵊山葛藤春景

明大义。因湖头村是早期越国大将军灵姑浮的驻守地,雅鱼时常送一些鱼虾和土产品给灵姑浮的妻子鸢萝,二人私下交好,以姐妹相称。勾践还是太子的时候,一天到湖头村巡视,在一条商业街上,遇见一个妙龄女子。见她身材苗条、头戴笠帽,粉红色披衣,纱巾遮脸,露出一双乌黑明亮的眼睛,飘落的长发,散发出一阵清香。勾践不觉心里一动,好像见到仙女一般。事后向灵姑浮打听,原来是该村一个富商的女儿叫雅鱼。

过了月余,一日勾践来到大将军灵姑浮家,见素雅淡妆的雅鱼一头墨黑的长发,粉红色的脸蛋和一双灵气眼睛,正在和灵姑浮之妻聊天。勾践被雅鱼的美丽容貌深深吸引。灵姑浮告诉他,这个女子是自己妻子的好友,就是上次他问的"仙女"雅鱼。

后来得到越王允常许可,勾践托大将军石买做媒,娶雅鱼做太子妃,勾践登基后封为王后。

允常过世,勾践继位。勾践为排除石买等老臣的干扰,重用了范蠡和文种。有一次勾践和范蠡在伐吴的问题上发生了严重的分歧,勾践觉得他继位三年来越国已经强大了,主张伐吴扩地,而范蠡认为眼下吴强越弱,不宜贸然伐吴。勾践认为范蠡胆小怕事,坚持自己伐吴观点,致使范蠡负气出走。雅鱼知道后,通过大将军灵姑浮之妻鸢萝,让灵姑浮派人去楚国接来范蠡之母。雅鱼对待范蠡的母亲像自己亲母一样,生活上非常关心,时常问温问寒,赏赐财物,尽心尽孝,这使范母非常感动,也使范蠡坚定了为越国做事的决心,雅鱼为越国留住人才做出了很大贡献。

农家蚕桑

第二部分　越地人文

▼古越人服饰图

二

公元前494年,吴越在太湖椒山发生了大战,灵姑浮被杀,水军全军覆灭。勾践带领的士兵在退回勾嵊山途中身陷重围,雅鱼果断地让范蠡带领守王宫的三千卫士前去增援。双方在勾嵊山的大仗坞发生了激烈大战,刀光剑影、血流成河,勾践安全地退守会稽山中。而守城的雅鱼带领宫女和城里百姓,奋不顾身,高举火把,浇上油脂,准备抵挡吴兵来侵,同时准备好焚烧宫殿,慨然殉国,与王宫共存亡。

吴兵见人就杀,百姓遭殃。为了保存越国实力,保全越国百姓免遭屠杀,勾践君臣商量后,选择了投降。越国战败了,雅鱼陪同勾践入吴为奴。勾践在吴国期间,夫差为了复仇,让他夫妻俩居住在夫差父亲坟墓旁边的石屋里,为他牵马、养马。为了更进一步摧毁勾践意志,让勾践的夫人给他和晋国使者侍寝。这种痛苦不是一般人能忍受的,却反而磨炼了勾践的意志。勾践装疯卖傻,骗取了吴王的信任。

而雅鱼是一个深明大义的女人,作为越王勾践的妻子,她的一生跟着勾践颠沛流离,受尽了屈辱,虽以命抵挡了为夫差侍寝,但没能逃过伍子胥使的圈套,受到了晋国使者的侮辱。在古代那么重视女人名节的社会,她没有选择自杀,而是隐忍地活下来。她以超越常人的博大胸怀包容了所有的苦难，去维持丈夫的希望，维持活下去的动力。正由于她的坚持，才帮助勾践在这苦难之上孕育出了日后的春秋霸业。可以说雅鱼的存在是勾践能够一直坚持的重要原因。在勾践被废的日子里，只有她没有抛弃他。勾践在吴国为奴的时候，她依旧守护在他的身旁。在臣子们认为勾践变了的时候，只有她依旧相信他依然是原来的大王，一直陪在越王勾践的身边忍辱负重，为勾践疗伤，以妻子特有的温柔劝慰着他，让勾践能够坚持着完成复仇雪耻的重任。

三

入吴三年后，勾践让越国送财物，送美女，加上夫妇俩的忠诚表现博得了吴王夫差的信任，他们被赦免回国。

勾践回国后，卧薪尝胆，时刻不忘受辱的情景。君臣一心制定强国之策，实施富民之政，推行无为而治，让越国休养生息，以此"安民"。雅鱼带领妇女养蚕织布，发展生产。勾践夫妻与百姓同甘共苦，激励了全国上下齐心协力、奋发图强，早日灭吴雪耻的决心。

为了麻痹吴王夫差，雅鱼向勾践献计，利用山中葛藤经过加工生产黄葛细布送给吴王，以感恩归来，于是勾践发动全国百姓上山采集葛藤。

通过多道工艺的制作，越国产黄葛细布送给吴王夫差。果然，吴王收到贡品后大加赞赏，马上加封土地给越王勾践。黄葛细布虽然取材容易，但布料不及丝绸之软，经济价值不高。雅鱼和百姓一起纺纱织布，为勾践做衣服，发动妇女种桑养蚕，织出布匹，继续送给吴国作为贡品，换取吴国的信任，使勾践一次次地获得了吴王的封地。越地从当初的百里到了八百里，从而扩大了勾践的活动根据地，为屯兵复国打下了基础。

越王勾践还出台了促进越国人口增长的法令。通过一系列发展生产与提升军队战斗力的措施，使越国富国强兵。越国通过十年努力，终于具备了伐吴复仇的能力。

"越十年生聚，而十年教训，二十年之外，吴其为沼乎！"公元前482年，吴王夫差率领精兵北上黄池会盟，仅留老弱与太子留守。越王勾践派遣精兵强将乘机伐吴，击败吴军，杀吴太子。吴王夫差紧急回国，越国自觉无力灭吴，迫使吴国求和。

公元前478年，越国再度率领大军攻打吴国，在笠泽大败吴军，吴国自此一蹶不振。公元前473年，越兵攻入吴都，吴国灭亡。

勾践灭吴之后，北渡淮水，与齐鲁诸侯会于徐州，并致贡于周。周元王使人赐勾践胙肉，承认越国是华夏诸侯的"伯"（霸主）。

而这十多年来，雅鱼一直用蚕丝勾织着勾践称霸主时要穿的长披肩和王袍。当勾践威风凛凛站在霸主的胜利台时，身着粗布麻衣的雅鱼，在越王后宫里选择了自刎。

勾无亭

杨福元

勾嵊山古寺石柱遗址

从勾乘山村往勾嵊山行走，约二里许，于两山夹峙之间有一湍急溪流，溪流下有涧潭，上有一行走之石桥，桥面为三根横卧石柱。过石桥有一平宕，方围约十五平方米，四周轮廓分明，当地乡人皆言，此处为勾无亭遗址，三根石柱就是亭柱。

查《万历绍兴府志》云："山有九层，俗呼九层山。山南有句无亭。"韦昭《国语注》云"今诸暨有句无亭是也"。相传西施侍臣勾无暨埋骨于此。

勾无亭现今已经荡然无存，唯有三根柱子留下臆想。然在乡间却流传着一个传说，传说建造勾无亭就是为了纪念一位叫勾无暨的诸暨人。

话说公元前494年，吴王夫差在五湖打败越王勾践，逼得越王勾践仅以五千甲兵固守勾嵊山。越之危亡系于一发，勾践只得向吴屈辱求和，经以贿赂吴国大臣伯嚭，向吴王割土称臣。在伯嚭的谗言下，吴王夫差以为越国已

▲山腰石亭

经不足为患，就不听忠臣伍子胥的忠告，答应了越国的投降，在夺取了越国新开发的吴淞平原后，将越国安置在其故地百里范围内。《越绝书·记地传》载："吴王复还封句践于越。东西百里，北乡（向）臣事吴。"

面对即将"北乡（向）臣事吴"和入吴为奴的屈辱，文种想出了一计，献计越王遣小吏勾无暨为送越王赴吴的护驾使臣，投靠吴王，为灭吴做卧底。越王依计而行，临行前，执勾无暨手谆谆教诲："今国破若此，疆域只仅仅百里，卿当记取今日战败之辱，假心事吴，为复国忍辱谋策也。"勾无暨泣血顿首，诺诺应声。越王为记取这个屈辱，将起行地命名为勾无山。

勾践事吴三年，以隐忍获得夫差信任后被放还归国。由于勾践不断进贡美女、玉帛，取得夫差欢心，才又使夫差对越国"增之以封"，夫差自己也说："夫越本兴国千里，吾虽封之，未尽其国。"夫差增封之后，越国疆域逐步扩大。《国语·越语》所载"句践之地，南至于句无，北至于御儿。东至于鄞，西至于姑蔑"大概就是指这时的越国疆界。

经过"十年生聚、十年教训"后，越王勾践兴起复仇之兵，一举攻克吴军阵营，直杀至吴王宫。

相传吴王夫差穷途末路，急得要上吊自杀。临死之时，还不忘要带走西施，急匆匆提剑杀奔馆娃宫。刚近馆娃宫，就听见琴台上面正飘下一声声琴曲，凄凉哀怨，如泣如诉，有人和着，低声浅唱：

梧叶落尽寒风吹，

孤凰徘徊自伤悲，

阴云霭霭何处飞？

大王大王兮胡不归？

胡不缓缓归？

缓缓来归。

望着心爱的女人，夫差举起的手，随着琴音徐徐下沉，不忍下手，忍痛离去。夫差带着一众残兵败将，犹如丧家之犬，急急逃命。一路上，一败再败，身边只留得数千人。穷途末路下，夫差只想求和保命，遂命手下大臣赴越营求和乞降。

想到越王在吴国受到的屈辱，谁也不敢出头当这个使者。吴王气得如一头暴怒的狮子，举着属镂剑将一个个砍过去，眼看着要砍头，正在此时，大夫王孙苟挺身而出，毛遂自荐，愿当这个使者。

原来，这王孙苟就是勾无暨，当年护送西施赴吴，留在吴国，吴王感其伺候西施忠心，赐姓王孙，拜为大夫。在吴国期间，除了暗帮越国之外，为迷惑吴王，也曾踏实治理吴国政事。如今逃跑之际，遵西施之命，伺机刺杀吴王，可一直找不着机会。眼下之计，不如当这个使者，当面告诉越王有关吴国的实际情况，以便相机行事。

看到已经如丧家之犬的夫差，勾无暨决定再骗点礼物去见越王，于是要求吴王，贡献出属镂剑、骒弭马，以天下至宝换越王的同情。

夫差抬头四望，见周围零零落落只有数千残兵败将，每个人面上都是悲戚之色，军心的精气神已全无，哪还有什么战斗力，没奈何，只好同意献出至宝。

勾无暨骗得了属镂剑、骒弭马，转身朝越营而去。

统兵大帅王孙骆得知勾无暨带着属镂剑、骒弭马去使越，大惊，马上想到这个越人要去通风报信了，当即点起人马，策马急奔，追赶勾无暨。

勾无暨离开吴营后，片刻不息，急急去往越营，眼看着快到越营了，王孙骆的追兵也赶到了。勾无暨急得大喊"越军救我"，越兵急忙打开栏栅，眼看勾无暨就要奔入栏栅，王孙骆张弓搭箭，一箭穿心，将勾无暨射下马来。

勾践得报勾无暨来归，喜道："勾无暨来，必有助我妙计。"不想，赶到栏栅门时，勾无暨已是奄奄一息，只张口说出："吴军不足两千人马，太子友已亡，吴王已穷途末路，可追杀之……属镂剑、骒骅马献越王……"

勾践大悲道："勾无公衷心事越，今公献此至宝，增我光辉，功德盖世矣。"

不久，吴国战败，越军凯旋，越王令士兵负勾无暨尸骨归，葬在勾无山，并在其坟上盖以小亭，亦称"勾无亭"以示纪念。

越山禅寺

杨士安

诸暨越山禅寺，位于诸暨市南之越山。越山禅寺乃"越州暨邑之名刹也。"（康熙二十年《越王云居禅院捐舍购产田碑记》）其地

越山禅寺

古属"超越乡，南去县四十五里。"（《康熙诸暨县志》卷二第 16 页）自公元 909 年建寺至今，已千年矣。

越山为勾嵊山之支峰。"勾乘山，亦作勾无山，山南界义乌。《国语》云'越臣于吴，吴更封越，南至勾无'即此，为宋汝章栖隐处。《万历绍兴府志》云，山有九层，俗呼九层山。山南有勾无亭。韦昭《国语注》云'今诸暨有勾无亭'是也。相传越王勾践曾栖于此。今岗上有古坟遗址，俗名越王墓。"（《光绪诸暨县志·山水志》卷五第 7 页）越山之名，亦得之于越王。"东周末越王逃难，至此得脱，遂封其山为越山。或曰越王之冢在焉，山之后有越王殿，故其山得以越名也。"（民国二十二年《云居寺放生会碑·放生会序》）越山上有云居寺，即越山禅院。唯民间习惯称云居寺为"越山禅寺"。

越山禅寺海拔125米，东南西三面环山，朝北开口。东侧紧临越山。

历代志乘典籍对越山禅寺记载甚详。明隆庆骆问礼《诸暨县志》云："云居教寺，县南四十五里勾乘山西。唐天祐六年（909）建，后梁贞明四年（918）赐名越山禅院，宋治平三年（1066）改赐今额（云居教寺）。"（《乾隆诸暨县志·寺观》卷三十五第8页）

禅寺古钟

"狭山溪"又西流至越山。山即勾嵊支峰，上有云居寺。唐天祐六年建，贞明四年赐名越山禅院，宋治平三年赐今额。今仍称越山寺。俗传有施驸马捐寺九十六亩，又祝发于此，能治虫灾，殁塑其像于寺。田禾有虫，乡民祷之，每著灵验。匠有鉴真禅师真形，今毁。经越王庙西折，经三越亭、又西流经石鼓山，山在溪北，上有磐石如鼓，扣之有声，多产黄精、白术、竹箭，相传唐王炼师所居。又西流经阮家，南有勾乘山小水绕越山东麓北流入之，始称勾溪。溪南破开鹅肫山，有汉严助墓，墓碣勒"江东严助之墓"六字，居人祀为土谷神，志所谓严侍郎庙是也。

顺小道拾级登山，片刻便觉松声呼呼，凉风习习，令人心旷神怡。西面一山，巨石裸露于青松翠竹间，或隐或现，犹如群龟遨游沧海，俗称乌龟石头岗。相传有九只乌龟，来此听鉴真讲经，后化为石。过亭为一石桥，桥下流水淙淙，声若鸣琴，缘岩而下。桥边一紫藤，虬枝缠绕，繁花似锦。

第二部分　越地人文

▲越山农田

▲古越人物（绍兴柯桥风景区雕塑）

再进，则为一池，广可数亩，碧水清澈，毫发可鉴，此即云居寺放生池也。再数十步，穿过一片李园，越山寺山门在望焉。

越山寺大殿山门创建于1669年。鉴真殿曾屡建屡毁。20世纪70年代中大殿被毁，移作他用。千年文物，毁于一旦，惜哉！

越山寺者，因勾践封越山而名，此地传以人者。越山祖师，因结茅越山而名，此人传以地者。越山禅寺历史悠久，风景秀丽，人文景观、自然景观皆称丰富，相得而益彰，故实为两美者耶！

越山禅寺自鉴真开创以来，至今历千余年，其闻名僧之辈出自不待言。兹举数位，简介如次。

鉴真禅师，唐宣宗至吴越王天福。超龄离尘，遍参名宿，得法于六祖清源，下递六世雪峰义存禅师处。雪峰义存禅师圆寂后，鉴真即辞雪峰院云游之越山，唯见其地丹环翠拱，怪石峥嵘，即结茅于此。吴越王与闽王皆尊以师礼。钦赐额田九十三亩并紫衣宝钵，一时隆重。明《万历绍兴府志》载："鉴真，俗蝗喻，不知何许人。唐天祐间住勾乘山云居寺，梁贞明及宋治平中皆敕赐院额，呼为喻弥陀。后人龛其真身于寺中，遇旱祷雨辄应。"（《光绪诸暨县志·方外传·鉴真》四十）其坛与群龟听经石相望，自成佳景。

孟祥禅师，五代时义乌人，驸马，曾舍庄为寺，大振宗风。《光绪诸暨县志·山水志》载：俗传有施驸马，捐寺田九十六亩，又祝发于此，殁塑其像于寺。今越山寺附近有施家庄、施家坞等地名。

弁林和尚，清康熙间僧。兰舫禅师，为人厚道，慈悲为怀。善医，民国二十二年（1933）创立云居寺放生会。

今越山寺则有圆冲掌持寺务。圆冲，法号妙慧，女，诞于民国二十六年（1937年）。圆冲至越山寺后，化缘筹资，致力于祖师殿及僧房之建修，重塑佛像，整肃庙貌，使越山寺成为经政府批准之宗教活动场所。

年代久远，给后人考证势必带来疑难；典籍错综，为学者研究不免留下困惑。越山寺之鉴真（860—948）非东渡扶桑之鉴真，自属无疑，但对越山寺之考察研究尚有数端应引起学者注意。

一、关于鉴真禅师《万历绍兴府志》云鉴真为喻姓而《田地碑记》记云鉴真姓唐，孰是孰非，有待考究。

二、关于越山祖与施驸马。程师者，开山之祖也。唐鉴真首先结茅越山，故山祖师自是顺理成章，而施驸马虽捐田祝发，死亦为神，却不得以祖师名之也。

三、越山寺始建之年代。始建于"唐天祐六年"，但因为唐朝亡于哀帝天祐四年，而吴越王天祐六时，却因唐亡而已不复存在"唐天祐六年"之说矣。

越王殿

寿春萍

关于坐落在安华越山脚下的越王殿,它的来龙去脉,说起来真有几分传奇色彩,也会让人不由得产生激励感受呢!

相传,越王勾践兵败后,主动向吴王夫差投降,愿为阶下囚,并在吴国忍气吞声、含辛茹苦地度过了三年奴才日子,才被吴王放行回到勾嵊山。回勾嵊山后,勾践一边向吴王献上美女西施,意在使吴王整天沉溺于美色,慢慢放松对越国谋取复辟的警惕性;一边卧薪尝胆,不忘耻辱,对越国励精图治,旨在下狠心重整河山。不久,在越军士气渐渐恢复并显得兵强马

▼勾嵊山珠村越王殿

▲越王殿内勾践、范蠡、文种供像

壮后,勾践在范蠡、文种的建议下,决定把越国之都迁到会稽山下。临走前,他满怀感恩之心,把兵败躲藏、休养生息,并借此恢复元气的崇山峻岭之地封为勾嵊山,把曾和吴王夫差大战一场的侧面区域封为越山。

而位于越山山北的珠村越王殿,据传,是在明朝末年由世代居住在勾嵊山的周敦颐后裔修建而成的。当初此殿建得规模宏大,气势不凡,意在借此弘扬越王勾践那甘于忍辱负重、忍气吞声的励志精神。但按越王殿附近的刀劈石、射箭石等几个名胜古迹的传说追溯,当年,吴王夫差率兵追击越王勾践,两人曾经在这里有过你死我活的一场大战。因此,在此造这座越王殿也可以说是有根有据、有历史渊源的。但其中还有让后人更忘却不了的,是当初造这个越王殿的由来——据越山当地周氏的家谱记述,明末清初,勾嵊山北麓珠村有个嫁给周家的郦姓女子,叫郦母,29岁就守寡了。但她守寡不嫁,并毅然决然地携子从安华迁居到十分偏僻,也是一片荒凉的越山，然后一直贞洁不渝做人，含辛茹苦持家，开山辟地种粮，在这当中也有家境富裕的娘家资助，由此安居乐业，使周家子孙繁衍，至清朝乾隆间，全村周氏男丁已达121人。子孙始终秉承耕读家风、艰苦奋斗的精神，竭力创造了源源不断的财富，于是不仅造了四幢七楹九楹三进巨宅，还造了从先堂周氏宗祠一座；又建大堂三个。接着，竟还别出心裁，在村口花巨资建造了规模宏大的越王殿！

越王殿正中供着越王勾践、文种、范蠡三个塑像，两边挂着"生聚教育二十年，畏天保国三千甲"一对楹联。楹联文字内容也非常励志。此殿建成到如今已有400多年历史了，香客不断而香火旺盛。可见，当地周氏家族历代就以卧薪尝胆的越王勾践为楷模，发扬光大穷不失志的精神，首先从教学育人着手，在村里设立了明德私塾，聘请富有学识的人为子孙教授文化知识。查看周氏宗谱，珠村周氏历代一直有太学生产生。民国以来，村里又创建了一个三乐小学，凡族人都可免费入学，教书先生的薪金由祖上祀产中支付。那时候，当地安华的同文山小学是诸暨南边最高档的学府，族中规定凡考入这种高级别的学校并毕业，即可称为族中绅士，给予享受祖宗双胙福利的待遇，以鼓励族中子弟积极求学，天天向上，使之自身具有一定的学识。如此重视并不惜投入教育，力图提高后代的文化素质，有这样高度的意识和作为，居然是在一个偏僻的山村里形成、实行，真的让人十分敬佩，也令人感动不已。

同时，也让人们越来越强烈地感觉到，他们的祖先当初造这个越王殿，把越王勾践、文种、范蠡像塑造在那里，让世世代代祀拜供奉，不但是对吴越争霸、勾践所封之地的遗址的纪念，更是借以提倡宣扬百折不挠、顽强拼搏处世做人的大无畏精神，其用心是良苦的，其影响更是非常深远的。

范蠡祠

屠渭兔

去诸暨勾嵊山观光游览，范蠡祠遗迹是我们向往和必定要去的景点。范蠡祠会自然而然地引发你的联翩浮想，让你不由得感慨万千——全因为各种历史记载、口头相传。作为越国大臣范蠡，他的天生奇才所作所为之前无古人、后无来者，身世遭遇之跌宕起伏、错综复杂、扑朔迷离，至今让人感到五味杂陈，一言难尽。

那么，让我们回过头来，说说这座范蠡祠的来龙去脉吧！

据种种历史记述、考证及传说，越王勾践与吴王夫差经历一场大战后，勾践兵败，率残兵败将落荒而逃，一路败退到诸暨境内的勾嵊山一带。勾嵊山为会稽山余脉，山势连绵起伏，茂林修竹，曲径通幽。夫差的兵马追击到深山峡谷处，见勾践的残部一下没了踪影，而从留下的马蹄印看，恍惚觉得也是从山径上往外逃离的痕迹，于是暂告撤兵而返。但

◀范蠡像

| 勾嵊山传奇

实际上，勾践零零落落的兵马都躲藏在树丛山坑之中，连大气都不敢出。至于那马蹄印，则是仿佛通人性的马，随越兵藏匿丛林中时，倒退而进形成的……

▼范蠡祠

第二部分 越地人文

等夫差的部队远去后，零零落落的越国兵马才向勾践汇集聚拢来。败局已定，何去何从？面对摆在眼前的现实，勾践不知所措，一时难以收拾，顿感灰心丧气，一下蹲坐在山坡上掩面长叹。此时此刻，在旁的范蠡一直默默无语，在向远处的群山万壑远望扫视。沉思了片刻后，他对勾践谏言：

大王，我们眼下看似到了山穷水尽、走投无路的地步，可在我看来，是柳暗花明、天无绝人之路。你看，我们现在所处的地方，不仅别有一道风景，而且群山叠嶂，道道沟壑，正是我们可以藏匿下来，借以歇歇脚缓缓气，再从长计议的好地方！可说这是天助我也！勾践听了范蠡这番激动的劝导，不由得站起身，远望了片刻，心想，从范蠡的逆向思维，再结合眼前自然山水的气概来看，的确值得考虑。不妨按他的建议，在此先透口气，歇下来，再加冷静思量，另谋出路。俗话说，天无绝人之路！如此想来，他缓缓地挺直身，正色向兵将们宣告：我们目前就按范蠡所说，在此安顿下来！一是把我父亲入土为安；二是扎寨安营，加以整顿，待稍缓过气来之后，再重整旗鼓，养精蓄锐，力图还我河山！

说老实话，勾践和将士们正处于生死未决、惊慌未定中，有范蠡的临危不惧、高瞻远瞩的眼光、思考和见解，这批残兵败将仿佛服了一帖镇静剂，全军上下的心一下子安定了下来；更何况眼前勾嵊山崇山峻岭的气势，也的确让人觉得具有藏龙卧虎的条件，是目前歇下来，喘口气的理想地方。于是，全军顿时从恐惧中挣脱了出来，纷纷举手响应。

接下来，勾践和范蠡、文种一一部署，并筑大墓把老越王允常下葬；然后率将士们利用各种自然地形，选择天然屏障，依山傍水，把兵营一一筑就。当大家安顿下来，喘过气来后，越王勾践便和范蠡、文种商讨下一步棋怎么走。范蠡又提出一个惊人的提案来。他认为，根据摆在眼前的局势，不得不承认，越国败局已定，想一时翻身几乎不可能。因此，只有暂且认输，主动去吴国向吴王夫差投降，甘做阶下囚，才是目前求生延命、留下后路的唯一策略。不然，我们虽可藏身在此，但日子一长，必定会被吴国知晓，其必然将率兵勇再来追剿，结果可想而知。在我们主动投降的情形下，我料想吴王夫差完全有可能放过我们一马。到那时，我们才能有喘息余地，免遭灭顶之灾，之后，我们方可做从长计议，候机再起。

勾践听了范蠡委曲求全、忍辱负重的思路和计策，沉思良久，深深觉得这是目前的处境和今后再寻生路的唯一韬略。经一番计议后，范蠡主动要求陪同前往，让文种驻守整顿。勾践和范蠡一齐到了吴国，在吴王夫差前跪倒在地，表示主动投降，并诚心表明甘做牛做马，只求饶过一命！夫差见勾践痛哭流涕，言辞恳切，十分诚恳，便当场点头答应了他的请求。不用说，也当场宣布勾践和范蠡为阶下囚，在吴国服刑。勾践一听，饶他和范蠡一命的基本目的达到，便随即表现出非常心甘情愿的姿态，满口答应和范蠡一起，在吴王宫听从一切惩罚和使唤，并愿意做仆从服侍吴王夫差。

范蠡这一先避免被全歼的命运，后忍辱负重、等待时机东山再起的谋略和意图得以实现，使以后越国复辟的星星之火得以保存。如此也使勾践进一步认识到，这才是今后重整河山的基础和谋略。由此，勾践暂且忍气吞声甘心情愿做奴才的思想更加明确，并开始和范蠡一起时刻保持忍辱负重甘做奴仆的姿态。后来在吴国的日子里，范蠡竟想出让勾践尝夫差便溺以诊疾病之计，使夫差感到勾践甘做阶下囚的态度非常诚恳，而彻底放松警惕，将贤臣伍子胥的提醒置之脑后，不久竟允许勾践和范蠡他们回到越国。但回越国后，勾践和范蠡仍不放松戒备，又在民间挑美女西施送进吴宫，名为献美，实为腐蚀吴王。与此同时，勾践回勾嵊山后，马上开始卧薪尝胆、养精蓄锐，到后来选址会稽山，重建越国，奋发图强，最后挥师讨伐，直到把吴国灭掉，逼夫差自尽。

相传，在重整河山扬眉吐气之后，越王勾践想到，自己获得的灭吴兴越的成功结果，全倚仗范蠡当初的忠心耿耿雄才大略，便做安排，命人在勾嵊山建造一座范蠡祠，以此表彰范蠡深谋远虑并倾其所能创下的丰功伟绩。

这就是勾嵊山的古迹范蠡祠的来龙去脉，对后人来说，无疑具有深远的纪念意义！

越山禅寺游记

顾春芳

越山寺,又名"云居禅寺",位于诸暨城南约20千米处,寺庙坐落在半山坳里。山上建有大殿五座,山门、睡房、食堂等附属建筑多处。四周群山环抱,重嶂叠翠,古松参天,翠竹掩映,风景幽雅,仙气紫绕。并且越山禅寺是为了纪念勾践、范蠡、文种而建的,其内涵深刻,已有1000多年的历史。

该寺所在会稽山脉勾嵊山、越山,曾因越王勾践在此山上屯兵养马,

▲越山寺

十年生聚，十年教训，卧薪尝胆，出奇制胜，且与吴王夫差多次激战而名扬天下。所以此山亦称勾嵊山、九层山，山上有王坟岗、刀劈石、射箭岩、南寨营盘、倒退马蹄印、范蠡石等众多遗迹。

从越山寺门口到大厅，有台阶整整549级，须仰视而望，大雄宝殿正门前廊檐下的两侧，各有一口大小、式样都一模一样的古井，井的直径不到1米，深约1米，两井相距约20米，这就是传说中的"鸱夷双井"。相传在2500多年前，越王勾践复国不久，范蠡大夫就辞别勾践，带着美女西施到各地去做生意。一天，范蠡和西施重返越山禅寺，他们百感交集，在大雄宝殿前亲手挖泥除土，筑成成双成对的两口浅井，井内的圆壁全用块块卵石砌成，十分牢固。越山禅寺虽历经多次毁建，而"鸱夷双井"却依旧存在，此双井浅可见底，但泉水潺潺，清凉甘甜，终年不止。

走进大雄宝殿，在西北侧厢一角，又有一口井叫"运木井"。据传说，有一次，济公在杭州净慈寺酒醉，大喊"无明发"，众寺僧莫名其妙，果然不久大火毁寺，济公在灾后题诗曰："无名一点起逡巡，大厦千间尽作尘。非是我佛不灵感，故要楼台一度新。"在重修净慈寺时，木料供应不上，寺里派济公外出募化。于是济公来到越山禅寺募化木料，住持见只有济公一人，便答应山上的断头树都可拿去。结果当夜突起一阵狂风，把山上的参天大树统统刮断了树头，济公带人喜滋滋地去砍树，而越山禅寺的住持像哑巴吃黄连，有苦说不出，只得眼睁睁地看着济公派人砍下如此多的大树，募捐而去。当大片的大树被砍下后，运输成了问题。然而，济公却把圆圆的大木料，源源不断放入越山禅寺大雄宝殿内的井里，又在杭州净慈寺的"醒心井"中拉出木料。从此，越山禅寺的这口古井和杭州净慈寺的醒心井一样，都被称为"运木古井"。

越山寺因战乱、破坏等因素，屡建屡毁，光大雄宝殿就重建了四次。现在越山禅寺中的二堂三楼七殿（法堂、食堂、钟楼、鼓楼、藏经楼、鉴真殿、

▲越山寺香炉

大雄宝殿、三圣殿、地藏殿、天皇殿、药师殿、往生殿）都是从1991年开始重建的，禅寺以"弘扬佛法，爱国爱教，净化人间"为宗旨，经十余年时间的努力、重建，现已建成大殿五座，山门、睡房、食堂等附属建筑多处，已基本接近当年的豪华规模。

目前，游览越山寺的旅客不计其数，大家凭栏而望，百感交集，一方面为了纪念当年美丽的西施入吴的可歌可泣故事，同时为其为国牺牲的壮丽举动而自豪；另一方面也为了重温勾践"十年生聚，十年教训，卧薪尝胆，绝地而起"的壮举，以及将士们百折不挠的可贵士气，从而唤醒人们：振作精神，努力工作，为民服务。另外，也有感怀范蠡、西施忠贞爱情而来的，希望他们的爱情如亘古长城，情比石坚，还有……但是不管怎样，这越山禅寺，是诸暨的骄傲，更是勾嵊山的历史渊源，值得我们瞻仰和缅怀。

▲云居古寺门牌

勾嵊山传奇

永兴桥

宣友浪

勾嵊山下的厚溪自然村西口的溪流上，有一座青石板砌成的石拱桥。石桥虽小，上千年来，历经风雨，行人无数，依然安若磐石。桥下流水淙淙，桥面荒草萋萋，桥额上"永兴桥"三字清晰可见。如今，由于在石桥边上造了一座钢筋水泥便桥，很少有人去走石拱桥了。

关于这座石桥的来历，还流传着一个动人的传说。

相传北宋政和年间（1111—1117），后溪自然村出过一个大官，官至吏部尚书，名叫宣璟修。他为官时曾立有六条戒律，就是："为官要清廉，对待同朝官员要谦逊，约束宗族要和睦相处，不得恃仗官势，不得横行乡里，生活要简洁。"交友亦有六条规则："朋友有过错要好言相劝，患难之际要出手相救，待人要庄重，不可以貌取人，不可轻佻，勿交

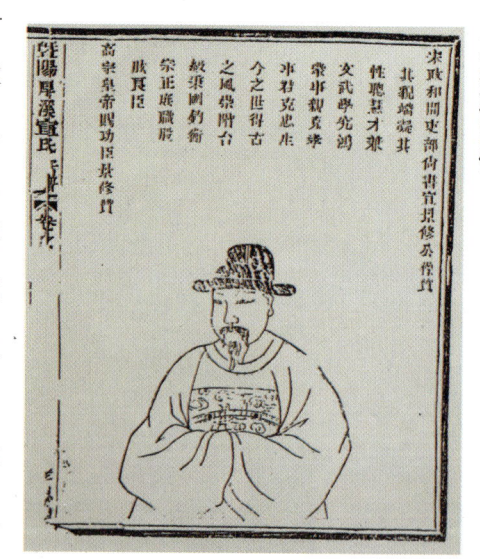

▲宣璟修画像

奸邪之人，讲究仁义道德。"他的为人准则、入仕之道，成就了他一代清官的美誉，被世代视作佳话传颂。

第二部分　越地人文

▲永兴桥

宣璟修为官期间因直言不讳的性格，得罪了个别同僚，有人向皇上打小报告，其被罢官。后来复出，任吏部尚书。宣璟修的夫人葛氏谨守持家，相夫教子，获得大家称赞。南宋绍兴三年（1133），南宋皇帝表彰宣家，赐予诰命吴国夫人，终致显贵。

在厚溪自然村，有一条从勾嵊山流下来的山溪，沿村从西口而出。在有石桥前，溪上放几根树木，拼起来当作木桥，在雨雪天时，行人常被滑倒，有时还会被洪水冲走。宣璟修告老还乡时，刚好是洪水过后，见村西口行人出入却没有桥，村民从溪上的几块石头上行走，下雨雪时或河水高涨的时候，上下很不方便。于是他拿出自己的俸禄，买来石料，叫来工匠师傅，花了两个多月的时间，修建了这座石拱桥，并亲自题写了"永兴桥"三个大字，希望宣氏子孙繁荣昌盛。

南宋绍兴二十年（1150），宣璟修卒于故里，享年86岁。宋高宗闻其讣音，不胜哀悼，特遣官谕祭。

宣璟修造桥的故事，一直被后人传颂至今。

勾嵊山传奇

越国古迹游步道探秘

陈国丽

越国与诸暨有着千丝万缕的联系。东汉史学家赵晔在《吴越春秋》中记载:"越王都埠中,在诸暨。"唐代释道世《法苑珠林》中也有记载:"诸暨县,越旧都之地也。"越国先后在诸暨埠中、大部、句乘三地立过都城。而勾嵊山,相传是越国举迁会稽(今绍兴)前,最后一处立都之所。

一座隐忍的山

勾嵊山方圆几十里,山峦绵延,树木幽深,游步道便隐匿其中。

这是山间的一条野路,偶尔可以看到人工机械开拓路面的痕迹,更多的则是山野樵夫或山下村庄里的农人用脚步踩踏所形成的小径。

▲勾嵊山游客

走在山野间,脚踩山间泥地,鼻间闻着树木杂草吞吐的芳香,让人心神为之清宁。一路都是落叶，起初是栗子树的，慢慢是野枫的，还有各种说不上名的杂木，落叶交杂，踩在上面簌簌作响。

不知道公元前496年，那位叫勾践的年轻越王，率领残兵，倒退坐骑，进入这勾嵊山时，会是何种心情。

公元前494年，25岁的他刚刚继承王位不久，面对来犯的吴国大军，他派遣死士排列三行，齐声呐喊，自刎阵前，血腥的场面惊煞吴军，越军趁势击溃来敌，阖闾重伤不治，死于途中。初登王位，首战大捷，当时的他是何等意气风发。

仅仅两年后，心高气傲的他在夫椒一战中一败涂地，精锐将士消耗殆尽，他带着仅剩的五千人马，星夜奔逃，来到这勾嵊山下。人困马乏，山高林密，越国在诸暨的最后一战便选择在了这里。

这惊心动魄的退马上山一幕发生在勾嵊山山南，传说吴兵追击的战场就在如今越山珠村一带。至今，那里还有退马坡、射箭岩、刀劈石等地名与传说。

山前金戈铁马，山后，是否平静依旧？如今，千年风云变幻，往事缥缈如烟，唯留脚下这条古游步道，从天子苑，到浅水坑、小天龙，越往上，越是纤细、崎岖，通向越国那个古老的传说。远处，巍峨的王坟岗在天底下高高耸立，不知道战败求和前的那些夜晚，勾践的脚步可曾到过这里，他有否伫立在王坟岗上，心里唱起越国那高亢嘹亮的悲歌：

天苍苍，野茫茫，山之上，国有殇……

勾嵊山上被围，勾嵊山下屈膝求和。一代君王在这座山中解下铠甲，脱下华衣，披头散发，奔赴敌国为奴。

多少恨，都付诸了无语的群山——勾嵊山。

勾嵊山传奇

一段陡峭的路

勾嵊山最高峰名王坟岗，传说岗顶上原有越王允常的墓。

从小天龙到王坟岗的路并不好走，遥遥在望的峰顶，也多少让人望而生畏，但总有游人怀着几近朝圣的心情，想去看看王坟岗，看看传说中的允常墓到底是如何光景。越往上，路越狭窄、陡峭，路边的灌木丛渐渐退去，取而代之的是成片的苦

◀勾嵊山游步道

竹林在山风中发出沙沙的声响，周边一片阒寂。

传说2000多年前越人的丧葬风俗很特别，常将坟墓安放在高山之巅，期望死后还能远远看着子孙在这片土地上繁衍生息。虽在考古界早已印证绍兴的印山大墓就是允常墓，但传说中王坟岗的允常墓，还是让人心有好奇。

翻阅越国资料，你绝不可能越过允常而直奔勾践。允常在位时期，开疆拓土，始称越王，并与吴国争霸。他是越国霸业的开创者和奠基者，是越国历史上的一位中兴之主。

王坟岗海拔660米，在诸暨算不上最高峰。但山不在高，有仙则名。当一座山与一位强大的王者联结在一起，哪怕只是传说，这山也陡然间焕发出耀眼的光华，这光华，令多少后人向往：与其说向往山的高度，不如说向往一种人生的高度。

当然，向高处攀登的过程永远是艰辛的。苦竹掩映下的山径，没有台阶，曲折向上，偶尔有巨石横卧，像拦路的猛兽。苦苦攀爬大半个小时才终于

到峰顶之上。

但，这里除了一个待完工的木亭子，什么也没有。

遗憾，的确。却也不尽然。

站在勾嵊山顶上，放眼四望，但见群山苍苍茫茫，层层叠叠，直接天际。山坳间散落着几处村庄，白墙黑瓦的民居，如棋子撒落山间，恍惚间有一种宁静的禅意。

站在高山之巅，的确是种完全不同的视野。王者自然会心生征战四方的豪情，隐者或许更希望超然世外，翩然仙去。这要看你为什么而来，朝哪里而往。

这温暖的人间

天色已不早，太阳徐徐朝山那边坠落，游人匆匆下山。

走到半途，回望王坟岗，它仍旧巍然屹立于群峰之上，有着王者天然的尊贵与傲骨。到山下已是日落。

山上王者争霸，冷风烈烈；山下人间烟火，却是多么温馨。

想起孔子在《论语·卫灵公》里的一句："无为而治者，其舜也与？"

对大千草民来说，谁称王，谁称霸，真的有那么重要吗？

公元前468年，勾践灭吴，同年大军进攻北方，宋、郑、鲁、卫等国归附，越国迁都琅琊，与齐、晋诸侯会盟，正式成为春秋霸主之一，那时，是他人生的巅峰时期。

孔子曾带着他的弟子风尘仆仆赶来，想以儒家的温和教化这位好战的君王，却被勾践拒之千里之外。《越绝书》第八卷有记：……句践乃身被赐夷之甲，带步光之剑，杖物卢之矛，出死士三百人，为阵关下。孔子有顷到越，越王曰："唯唯，夫子何以教之？"孔子对曰："丘能述五帝三王

勾嵊山传奇

▲勾嵊山"越王亭"

之道,故奏雅琴至大王所。"勾践喟然叹曰:"……锐兵任死,越之常性也。夫子异则不可。"于是孔子辞,弟子莫能从乎!

"锐兵任死,越之常性也。"果然如此吗?未必。

多少年后,越国为楚威王大军所灭,国家分崩离析,各族子弟有的称王,有的称君,居住在长江南部的沿海,服服帖帖向楚国朝贡。

俱往矣!

春秋也罢,战国也罢,乱世英豪,凭一股悍勇,在历史舞台上你方唱罢我登场,他们的人生因此跌宕起伏,他们的威名因此长留史册,但他们的臣民又有过多少的安宁平和?

作为一介草民,我们仰慕英雄,但更向往"无为而治"的安详平和。

不过,有闲走走这越国古迹游步道,亲近勾嵊山本身的清幽,想想2000多年前的忍辱负重,腥风血雨,再回头想想当下的云淡风轻,平和安宁,那种幸福感,还是很养心的。

何其幸运,我们活在这温暖的人间。

▲勾嵊山游步道指路标

缘起勾无亭

吕瑜洁

相传公元前490年,越国古都勾嵊山(过去叫勾无山),峰峦叠嶂,草木葱茏。

蜿蜒曲折的山间小路上,一位樵夫带女儿上山砍柴,两人负重而行。

忽然,天空乌云压阵,豆大的雨点噼里啪啦砸了下来。樵夫和女儿忙加快脚步,向半山腰的勾无亭奔去。

半山腰有一块平地,平地上有一座用石头和竹木搭起来的凉亭,人称勾无亭,是当地人上山砍柴、采药、打猎时歇歇脚、躲躲雨的好地方。从亭子上极目远眺,整个越王宫尽收眼底。

樵夫姓施,是苎萝村人,世代以砍柴、打猎为生。有一次,他在勾嵊山打柴时,被山下一户农家看中,将女儿许配给他。夫妻俩婚后生了一个女儿,长得如花似玉,取名施夷光。因为他家住在苎萝村村西,所以村里人又叫施夷光为西施。

樵夫常在勾嵊山砍柴,西施勤劳懂事,常跟父亲一起上山砍柴。西施小时候还经常住在勾嵊山下的外婆家,从此便有了西施外婆家的传说。

正当西施父女在勾无亭避雨时,忽然,从山顶上隐隐传来一阵马蹄声,由远及近,越来越响。在一阵尘土飞扬中,一匹战马向他们飞驰而来。

在那样一个战乱的年代,最可怕的莫过于遇见战马。战马过处,烽烟四起,生灵涂炭。

樵夫心中大惊，忙将西施护向身后，并将硕大的斗笠扣在西施头上，几乎遮住了西施大半张脸。

说时迟，那时快，只听"吁"的一声，战马突然停住了。一位身姿挺拔的贵族男子翻身下马，走进勾无亭避雨。他看了一眼樵夫和他身后的美少女，温言道："这位老丈，让你受惊了，我们是越国军队，在山上练兵，你尽可放心。"听说是越国军队，樵夫这才舒了口气，连忙拱了拱手。不久后，雨小了些，这位贵族男子骑马离去。

几个月后，在和勾嵊山一江之隔的苎萝村，西施像往常一样去村口的溪边浣纱。

她从小就长得美，村里人都说，谁要是娶了她，定是上辈子积了天大的福分。

她笑笑，心想，在这乱世之中，长得美有什么用呢？嫁一个像她父亲一样的樵夫，日出而作，日落而息，不就是幸福的一生吗？

她蹲在溪边的石头上浣纱，不知洗了多久，直起身子，用湿漉漉的手撩起垂到眼前的一绺碎发。

就在她起身的一瞬间，她忽然听到身后传来一个似曾相识的温润声音："请问这是苎萝村吗？"

她转身，只见距离她不远处，站着一个高大挺拔的身影。她心里咯噔一下，他不就是她前几天和父亲上山砍柴时遇见的那个贵族男子吗？

他显然也认出了她，笑容越发和煦，不由得和她攀谈了起来。闲聊中，他告诉她，他叫范蠡。

在西施看来，范蠡身上有一种常人没有的高华气度。而这份高华气度，让她没来由地想靠近。

忽然，范蠡问她说，想带她到越国都城面见越王，问她是否愿意。

那一刻，她不知道他为何要带她面见越王。她只是觉得，有他这样气

勾嵊山传奇

度的人，定是值得信任之人。因此，她竟鬼使神差地点头答应了。

第二天西施随范蠡步入越国刚建好的都城，拜见了越王勾践。越王显然对她很满意，让范蠡给她安排好住处。

那天晚上，月亮很圆，月华皎洁。在一地清辉中，范蠡一脸肃然地告诉西施："越国将用'灭吴九术'报仇雪耻，其中，第四术是'遗美女以惑其心，乱其谋'，而你……"

说到这里，他忽然停住了，目光中掠过一丝复杂难言的情绪，默然不语。因为，他实在不忍亲手将她派往吴国，推向另一个男人的怀抱。

那一刻，西施明白了范蠡为何带她面见越王，也明白了她的美貌得到了越王的肯定，她成了越国派往吴国的不二人选。

那一刻，西施不知道自己该有怎样的情绪，该喜？该忧？或者，且喜？且忧？只觉得胸口一阵酸涩，有一股热流止不住地往上涌。

"很抱歉，我把你带入了如此险境。如果你不愿意，我马上禀明越王，让越王放你回家。如果你愿意，先在越国训练三年。这三年中，我会按最高要求培养你。"范蠡看着西施，原本温润的声音，已然带上了几分艰涩。

"好，我愿意！"西施不知道自己从哪儿来的勇气，脱口而出道。

她不清楚自己会有怎样的将来，她只知道，无论将来发生什么事，此时此刻，她只想留在范蠡身边。因为，能看到他，听他说话，就有一种莫名的开心和满足。

从公元前 490 年到公元前 488 年，是西施觉得最美好的三年，美好得让她在梦中都想笑出声来。

三年来，她和范蠡朝夕相处，他就像一块浑然天成的和氏璧，深深嵌入了她的心里。

她越来越认定，这辈子，除了他，她再也不可能爱上别人了。

范蠡品位极好，琴棋书画、诗酒花茶、坐卧行走，每一样，他都让人按最高标准培养西施。

和西施一起接受培养的,还有一个越国女子郑旦。

范蠡和郑旦说话时,总是一脸肃然,不苟言笑,郑旦有些怕他。但西施和他说话时,他看西施的目光就会不自觉地变得很柔软……

在无数个无眠的深夜里,没来由地,范蠡会想起西施,想起她和郑旦说话时俏皮可爱的模样,想起她独自凭栏远眺时孤寂落寞的身影,想起她看到他时欲言又止的神情……

他不是不知道,他和西施互相有情,但他同样知道,他们没有资格相爱。

他不是没有憧憬过,如果他抛下国仇家恨,隐居乡野,娶她为妻,和她过举案齐眉、岁月静好的日子,该有多好?

但,他知道,他不能。越王尚且卧薪尝胆,他身为臣子,怎能弃国仇家恨于不顾?大爱是国,小爱是家,在国仇未报之时,他只能忍痛割爱。

往后余生,在那些没有她的日子里,他会用这三年的美好时光,聊以慰怀。

公元前488年深秋,经过三年训练,西施和郑旦要被派往吴国了。前往吴国之前,西施突然来找范蠡,向范蠡开口道:"范先生,你能否陪我去勾嵊山上走走?"

范蠡心里似乎被什么触动了一下,看着西施欲说还休的双眸,点了点头:"好。"

深秋时节,勾嵊山上层林尽染,秋意正浓。

范蠡和西施并肩走在山间小道上,谁都不开口说话,却仿佛什么都说了。

不知不觉中,他们来到了当年第一次相遇的地方——勾无亭。

他们步入勾无亭,眺望远方,山河尽收眼底。

"我第一次看见你时,你躲在你父亲身后,一脸的惊慌失措。都怪我,没有管住那些野性的战马。"

勾嵊山传奇

范蠡率先开口,言语间是对往事的深切追忆。

西施心里一阵刺痛,秋风萧瑟中,她抬起头来,看着近在咫尺的范蠡,泪眼迷离。

这一刻,她多么希望,范蠡可以将她留下。

时光仿佛在这一刻停滞,不知过了多久,才听到那熟悉的温润声音在耳畔响起:"起风了,咱们回去吧。"

西施在心底一声叹息,两行热泪顺着脸颊悄然滑落。

"先生,明日别后,不知何年才能相见?"

"月圆之夜,终会相见。"

一阵秋风吹来,吹乱了西施如瀑的秀发。范蠡想伸出手去,替西施抚平鬓发,但终究还是忍住了。

他知道,他必须克制对她的感情。感情的堤坝一旦坍塌,后果不堪设想。

第二天,终于到了分别的时刻。

范蠡再次深深地看了西施一眼,然后,狠了狠心,头也不回地大步离去。

早已等候在岸边的侍卫,簇拥着西施和郑旦登上乘舟,解开缆绳,向吴国驶去。

范蠡并未回头,他希望自己记住的,是西施那天下无双的明眸。

他不愿看到她远去的背影,不愿。

他并没有骗她。月圆之夜,终会相见,在梦里相见。

范蠡和西施都没有料到,这一别,竟是整整15个春夏秋冬。

公元前473年,当越王勾践终于打败吴王夫差时,西施才终于等到了这一天——和范蠡重逢的这一天!

从她18年前第一次遇见他到现在,范蠡似乎没有太大变化。即便眼角添了皱纹,两鬓多了白发,但那份温润如玉的高华气度却不仅不曾消退,反而被岁月磨砺得越发清远明澈。他只是那样静静地站在那里,便有一种让她无法抵挡的摄人心魄的魅力，吸引着她一步一步向他走去……

然而，范蠡却陷入了深深的沉思。

身为男人，他太了解勾践看西施的目光意味着什么了。他该怎么说，才能阻止勾践占有西施？他该怎么做，才能在这扑朔迷离的局势中保全西施，并实现当年对西施的承诺？

西施从范蠡的目光中，读懂了范蠡对她的爱。范蠡告诉她，无论发生什么事，她都不要忧心。她只需记住，一切都有他在。

因此，当西施被告知她已被越王判处"沉江"时，她并不惊讶。她知道，她的范蠡，无所不能。

当西施被装进鸱夷（一种革囊），投入深不见底的江水时，围观的人无不发出一声叹息。

只是，人们将永远都不知道，革囊并未扎紧口袋，沉入江水后，革囊中的西施便被早就等候在水中的范蠡安排的勇士救出，从秘密水道浮出水面……

从此，这世上便没有了西施。和西施一起消失的，还有范蠡。

在范蠡带西施远走高飞之前，他们最后一次来到了勾嵊山，来到了勾无亭。

这里，是他们的爱情开始的地方。

"先生，我怎么觉得，这好像是一场梦？"西施依偎在范蠡怀中，喃喃低语。

"傻瓜，这一切都是真的。"范蠡轻轻抚摸西施的脸颊，将她的一缕鬓发绕到耳后。

"先生，谢谢你为我离开越国，难为你了。"西施抬头看着范蠡，眼中是无限深情。

"又说傻话了。即使没有你，我也会离开越国的。因为我和你一样，也喜欢无拘无束、自由自在的生活。我答应你的事，终于实现了。"

是的，他从来都不曾食言。

他许诺她"月圆之夜，终会相见"。在经历了那么多人、那么多事、那么多风波和坎坷后，他都一一做到了！

她知道，往后余生，每一个月圆之夜，他都会陪她一起赏月。

她是他的爱人，他是她的初恋，今生今世，来生来世，生生世世……

▲西施殿西施塑像

第三部分　山水遗迹

| 勾嵊山传奇

九泉湾

顾春芳

　　九泉湾,是王者之山——勾嵊山的主要景点之一。它绵延5千米,蜿蜒九道弯,每一道弯都风景迥异,引人入胜。从摇头尖到峥湾,远远望去,绿意盎然,盘旋曲折,泉水淙淙而又仙气弥漫。如此神秘的景点,必有它

▲会稽山风景

第三部分　山水遗迹

▲勾嵊山冷水湾

勾嵊山传奇

传奇的故事,让我们来听听它的喃喃絮语吧。

相传2500年前,东南地区一片混沌,沼泽、湖泊遍地,树木、杂草丛生,人口极为稀少,人间处于半开化状态。山民们大多以坡地而居,按照"火耕水耨""断发文身""凭山而居""杂食河蛎"等生存方式艰难生活着,被北方人称作"南蛮子"。而北方各地区文明已经伊始,到处欣欣向荣,然氏族内部却割据争霸,战火连天,到处弥漫着血雨腥风、杀戮之气。

传说有一天,玉帝听完大臣们的奏报,带领百官俯瞰天下,发现东南地区,紫气缠绕,有王者之气。此地虽草木葱茏,祥气弥漫,人间却民不聊生,沉思以后,玉帝下了一道谕旨:"现在江南混沌,北方战乱,需'真龙出世'拯救于他们,东海、南海、北海龙君听旨,各派强实、能力超群的龙子,出征东南地区,挽救天下于混沌之中。谁先到越国,谁就是'真龙天子','真龙天子'一旦决出,即刻上天复命,不得有误。"

谕旨如山倒,三条小龙受命,不约而同从东海、南海、北海不同方向入地飞来,从北而来的小龙是一条桀骜不驯的龙,它以迅雷不及掩耳之势,飞速而来,认为自己是天下第一,抓住了天机,到会稽平阔里的时候,以为自己已到目的地,想抬头看看。不料,猛地抬头,刚好和从南方飞来的壮实黑龙,呈对峙之势,相互僵持间,东面的长龙已经呼啸而过,一跃而起,直冲云霄,形成一座高高的山峰,抬头间和彩云相邀,这就是勾嵊山。该山海拔660米,连绵几十千米。长龙的龙头刚好形成一个圆圆的山坡,被称为"天子苑",两只龙角高高竖起,形成两个圆圆的、对称的小山坡。因为龙角偏硬,坚挺而厚实,故到目前为止,两座小山坡上,只有绿草,没有高大的树木。据说,当地村民不信邪,种上了大树,但不知道什么原因,也会慢慢枯死,难以成活。如今,从各个不同角度远望,好像两个绿绿的、对称的馒头包。

▲勾嵊山风景

　　真龙出世，已成定局。左白蛇，右青蛇，相邀朝圣真龙，形成两座蜿蜒的山脉。青山翠绿无比，绿树掩映成趣，草皮绿绿像地毯；白山地貌呈白色，山上依然树木葱茏，绵延不断。从山顶俯瞰而下，在蓝天白云下，大有"一览众山小"之壮阔景象，且山河翠绿，两条蛇呈微微合抱趋势，憨态可掬，保护真龙，所以这山被誉为"王者之山"。此时的真龙独占鳌头，沾沾自喜，一下子腾空而起，电闪雷鸣，暴风骤雨，颇为壮观。

　　在天子苑小憩片刻后，长龙急冲直下，甩动着长长的尾巴，形成一条陡峭的山沟，紧接着，一扭三摆，慢悠悠地游动，形成一条长达5千米的"龙脉"。"龙脉"蜿蜒曲折，山体时而峭壁惊险，时而柔软舒畅，时而懒慵缠绵，一直延伸到山口。长龙忽而发现：前面一大片水域，在阳光下闪闪发亮，清澈的水面，倒映着绿色的山川，水面上成群的鸟儿，时而飞舞，时而啄食，忙得不亦乐乎。长龙会心一笑，心旷神怡，俏皮地扭动着身子，不停往后侧看，越觉得离不开这里的一草一木，秀山秀水，不知不觉已经转过了九道弯。俗话说"电闪雷鸣,龙掠留影"。龙一路畅游,形成了一条清澈的山溪,山溪水犹如泉水一样甘甜。这九泉湾分别是摇头尖、天子苑、浅水坑、箭矢湾、金竹湾、大竹蓬湾、田塍湾、田口湾、峥湾。摇头尖高高在山顶边,大有"一览众山小"统领四方之势;天子苑,王者气势,陡峭威严,一泻千里;浅水坑、箭矢湾、金竹湾,三个湾山势平缓,如游龙戏水,湾道舒缓和畅,风景幽雅,美不胜收;大竹蓬湾翠竹悠悠,微风吹过,竹浪起伏,发出沙沙的响声。田塍湾的对面是一汪水波,龙即将出谷,它来一个骤然而降,因此,溪谷开阔,瀑布直下,留下很大一个清凉的湾;来到田口湾,龙豁然留恋情怀爆满,在田口湾,龙卷风涌,惆怅百千,湾口无限扩大,留下肥沃的、浅水的湾口;最后的峥湾和大海的入口相连,山势由上而下,潺潺的泉水,流入一望无垠的水面上,水天相融相合,美哉,壮哉,这就是"九泉湾"的美好风景。

到了峥湾以后,长龙顺势游到后溪清澈的大河里,变成一条金黄色的类似泥鳅形状的小龙,懒洋洋地睡上一觉,做一个春秋好梦。第二天长龙醒来时,太阳已经照屁股了,才忽然记起自己肩负的使命,急忙腾空而起,呼啸着回天庭去复命。

话说回来,玉帝不断接到喜报。据说,长龙已经大获全胜,稳居榜首,心中窃喜。但是,文武百官在天庭焦急等待,却不见长龙回复,不断派遣千里眼、顺风耳去打探实情,等到的都是一些不符合常情的汇报:"长龙在碧水潭里睡觉。"玉帝非常生气,但又不便发作,此时,旁边参加比赛的两条龙也不断在天庭上鼓捣着,纷纷表示:"长龙不遵守诺言,何为天庭的规矩,必须严惩,或者改弦易主,或者重新抉择。"

直到第二天日上三竿时,真龙才姗姗归来,玉帝轻描淡写地说:"长龙,你听着,天庭规矩,有过必罚,天上一年,地下十年,以此类推,就地论过,接受磨难吧。"就有了后来的越王勾践"十年生聚,十年磨难"的故事。

第三部分　山水遗迹

长龙谢恩以后，心里很不爽，也不管惩罚不惩罚，飞跃来到天子苑，盘旋了一圈，然后呼啸地穿过"龙谷"，和霞光相融相合，融入对面的山谷中，等待着自己人生使命的开始。

而九泉湾，作为真龙出世前留下的遗迹，因其特殊的山和水，勾画出特殊的人文景观，为后人留下了无穷的传说和旖旎的风光，值得去欣赏、去挖掘。

▲勾嵊山葛花

勾嵊山下话"三溪"

宣友浪

勾嵊山属于会稽山脉,层峦叠嶂,古木参天,连绵起伏,九层山峰连为一体;山清水秀,风景秀丽。但在古时候山洪暴发,十八湾里十八沟,山溪九泄,汇成三溪,冲堤毁路、沙石淹田、屋倒人亡,成恶溪、邪溪、罪溪。

宣氏祖宗吃尽苦头,决心改造山溪,使勾嵊山溪"弃恶从善"成厚溪,这事还得从宣氏六世祖宣洪说起。

勾嵊山下宣氏鼻祖传世源远流长,宣氏在这里建村已有上千年了。当时勾嵊山山高林密,野兽出没,荒无人烟。

宋天圣年间(1023—1032),宣氏吴宁唐咸通进士德三公宣迪为第一世祖(始祖),勾嵊山下的厚溪宣氏是由迁三公宋祥符间游学富春,历经诸暨金兴洋湖之地而善,遂于天圣年间寓居金星(今暨南街道宣家村),为金星始祖,耕读传家,仕宦蝉联,是有光于宣氏并有光于我暨,时有后昆,六世祖院一公宣洪一日游猎至长浦,羡勾嵊山水之胜,于天圣终年由本邑金星之地而卜吉肇基于勾嵊之麓石磴,尊为今厚溪之始祖,契其嵊山,储精山水,营纡建业,居隐其间,在宣洪公定居勾嵊山。

勾嵊山脉的白路山下有160亩田地,就是当年宣洪公率领子孙最先开荒造田的地方。村民靠天吃饭,每逢春夏季节,常有山洪暴发,洪水泥石直流而下,冲田地毁路坎,造成庄稼颗粒无收。对山上洪水没有规律的乱

第三部分　山水遗迹

流现状，当时百姓称它为"邪溪、恶溪、罪溪"。

传说有一年夏秋之时，田里的稻谷长得很好，沉甸甸的稻穗开始变黄，百姓都认为是个好收成。眼看丰收在望，突然一场暴雨，山洪像脱缰之马，狂奔而下，数十亩粮田变成了沙石滩，造成多数农田颗粒无收，全村有70%的人只得外出乞讨求生。

村里有位家住溪边的78岁孤独老人，他叫金水，平时喜欢喝酒，常常不醉不休。发大水那天晚上，金水也和平时一样，喝得烂醉如泥，一头倒在床上睡着了。天亮时有村民发现他搭在"邪溪"边上的草房不见了，他的尸体出现在五里路外的安华蔡家畈村的溪坑上。

又一年春夏相交之季，宣洪公的小儿子阿毛和村中小孩在山上一起玩耍，刚刚还是晴朗天气，突然乌云密布，倾盆大雨从天而降，他们一看不

▲山溪坑

123

▼会稽山风景

勾嵊山传奇

远处有一个小山洞，连忙跑过去，刚好挤满了三个人。

不到半个时辰，山洪随着泥沙慢慢流进了小山洞，吓坏了这三个小孩，一个说："不逃出去，一定会淹死。"另一个说："外面全是洪水，逃出去就会被洪水冲走。"个头大一点的阿毛说："你们先待在这里，我去村里叫人。"说完冒着大雨冲了出来，来到村口不远处，远远看到了来找他们的大人，阿毛高声喊叫，不料脚下被石子一滑，跌倒在地，立刻被山洪冲了下去。

说时迟，那时快，几个村民急急忙忙，迎着山洪赶紧救人。随洪水冲下来的阿毛翻了一个身，拼命抓住了路旁的一根小树枝，露出小脑袋，大喊救命，村民及时赶到抢救了阿毛，山上的两个小朋友也获救了。

这件事情发生后，宣洪公率子孙，控塘井，兴水利，造桥筑路，疏溪筑堰，对这三条山溪坑道进行重新规划，改弯取直、改窄为宽、改浅为深等。原来作恶多端的"邪溪、恶溪、罪溪"，弃恶从善，改邪为厚，村民们把石磴村改为厚溪村，传承至今。

第三部分　山水遗迹

九龟朝越

阮　逊

勾践入吴为奴，回到越国以后，发誓复仇雪耻，于是，秣马厉兵成了头等大事，他任命范蠡为总指挥，在勾嵊山腹地偷偷练兵。

范蠡文武双全，天文地理无所不通。他深知姑苏是一座水城，要攻克它非有强大的水军不可。但是，这支水军既不能在江湖里练，又不能去海上亮相。因为吴国严密注视着越国的举动，一旦暴露必遭灭顶之灾。怎么办呢？聪明的范蠡想出一个绝妙的主意：筑坝蓄水，将山谷变成湖泊！越国的水军训练基地，就这样妥善地解决了。

孰料，传说这件事被刚刚封为潮神的伍子胥发现，立即派出手下的龟将军去毁坝。那龟将军神通广大，转眼来到勾嵊山，只用龟头轻轻一拱，大坝顿时决口。锣声响起，范蠡奋不顾身带头救坝。发现龟将军，与之交手并生擒了它。龟将军以为必死。谁知范蠡不但不杀，反而当场松绑置酒送行。临别时，范蠡晓之以理，动之以情，对龟将军说：你是奉命行事，我不怪你。伍相国死于吴越之争，恨越王可以理解。但他现在封神了，就不该再记旧恶

▼勾嵊山九龟山

勾嵊山传奇

仇仇相报。何况，越人对他那么崇敬，天天香火供奉，他更不该以怨报德呀！至于我范蠡，既为越国上大夫，练兵守土尽职守，又有什么过错呢？万望将军回到水府，代我向潮神求个情，请他高抬贵手，网开一面吧。

龟将军深受感动，回去以后照本直奏。伍子胥一听大怒，欲将龟将军斩首。龟将军有八个结拜弟兄，一齐上前求饶。龟将军总算免于一死，但还是被关进了大牢。两头一对比，兄弟们对潮神颇有微词，而对范蠡钦佩有加。终于在一天夜里，龟兄弟们劫狱救出龟将军，一同投奔勾嵊山。九龟朝越，范蠡如虎添翼，水军操练日新月异。你看那九龟一会儿掀起巨浪，将船只冲得东摇西晃，就像航行在大海之上；一会儿齐喷水柱，如箭雨直击水军，就像强攻于姑苏城下；一会儿隐身水中，将船队撞得七零八落，就像遭遇天兵拦截；一会儿绵亘湖面，使水军无法前进，只得弃舟搏杀……这种实战式的演习，大大增强了水军的战斗力。

几年过去，越国终于练成了一支所向披靡的水军。某年趁吴王夫差北上争霸，范蠡亲率水军突袭吴国，果然直捣姑苏。夫差只得低下高傲的头，向昔日的手下败将勾践求和。勾践复仇心切，迟迟不肯答应。范蠡劝说道：此番成功，全靠水军偷袭。从综合国力来看，仍是敌强我弱。要彻底战胜吴国，估计再要十年时间。大王还是见好就收，再去富国强兵吧。勾践这才答应求和，大军凯旋。

却说伍子胥既恨吴王认敌为友，更恨越王恩将仇报。看到形势逆转，气得七窍生烟。但他既已成神，难违天意，便将满肚子怨气统统发泄到九龟身上。一天夜里，月光皎洁，越国将士在勾嵊山祝捷庆功，荣立头功的九龟欣然前往。正当它们爬向山头时，伍子胥突然作法，一声晴天霹雳，将九龟顿时化作巨石……

沧海桑田，吴越之争早成往事。但是，那九龟朝越的生动景观和美好传说，却为古越圣地勾嵊山增添了一道亮丽的神话色彩。

第三部分　山水遗迹

"刀劈石"和"射箭岩"

顾超杰

◀刀劈石

"刀劈石"和"射箭岩"在越山寺脚下至安华珠村不到5千米处。传说越王勾践败退至越山寺下，吴王夫差紧紧追赶，眼看就要追上，越王一刀向吴王劈去，吴王侧身避过，刀砍在石礕上，石礕被削出了光溜溜的一面，后人称其"刀劈石"。夫差躲过勾践一刀后，随即翻身取箭，拉弓嗖的一声射去，越王急忙躲闪，箭射到对面横爿(pán)山的岩石上，留下一个深洞，此岩石就是"射箭岩"。这一战，给后人留下了"刀劈石万年遗痕，射箭岩千古不朽"的诗句，迄今两处遗迹还清晰可见。不妨让我们来听听它的典故：

据说，越王勾践为了研发锋利刀剑，先从打造佩剑做起。据晋王嘉《拾遗记》卷十："越王勾践使工人以白马白牛祠昆吾之神，采金铸之，以成八剑之精。"此剑以千年不锈，弯曲恢复，削铁如泥，吹毛断发之锋利，名扬天下。剑长55.7厘米，宽4.6厘米，柄长8.4厘米，重875克，近剑格处有两行鸟篆铭文："越王鸠浅（勾践）自乍（作）用剑"。剑身满饰黑

勾嵊山传奇

色菱形几何暗花纹,剑格正面和反面还分别用蓝色琉璃和绿松石镶嵌成美丽的纹饰,剑柄以丝线缠缚,剑首向外翻卷作圆箍形,是我国青铜短兵器中罕见的珍品。

话说越王勾践自负征战吴国,想称霸一雄。却说当时,吴军按照他们的水域地理优势,主要兵器是"箭",远程使用,百试百中。因此,吴王用计谋引诱越王深入沼泽地,让他们的短剑无用武之地。本次大战,吴军使用的是强弩,大概是12石重,合现在60多斤的拉力,平时训练射程远,威力大,对精度的要求不高,因为作战的时候都是一群人同时被射出去的,打击面大。越兵是迎着风作战,吴军是顺着风放箭,占住了天时地利。风势越来越大,万箭齐发,如飞蝗般射出,越兵无招架之力,成片成片中箭身亡,遂大败而逃。

吴兵分三路追逐,右有伍子胥,赶上越将灵姑浮,一阵乱射后,把越王的一艘战船射翻了,战将灵姑浮万箭穿心,溺水而死。左有伯嚭,也是

▲射箭岩

一阵乱射，越兵当场毙命无数，群龙无主，一片血腥。

吴兵乘胜前进，登陆后深入越境，穷追不舍，见一个杀一个，杀死的越人不计其数，横尸遍野，越人胆战心惊，恨之入骨。

越王勾践仓皇逃难，沿着浣纱江，带着五千残兵夺路逃回勾嵊山，吴王带着他的精兵强将乘胜追击，一路赶尽杀绝，在后山双方又短兵相接，越王手拿"越王鸠浅青铜巨阙剑"，刃长三尺有三，柄长七寸，刃宽约五寸，重约五斤，挥之，则剑气纵横，寒光扫地，一下子把吴王的箭格开，用力一劈，把偌大的岩石劈成两半，硬生生从中间裂开，出现了两块"刀劈石"。吴王的箭也飞越而过，在对面岩石上留下一个"射箭岩"，越王借机仓皇逃向勾嵊山。吴越"夫椒"之战，以越国大败告终。

勾践见大势已去，心惊胆战，自顾自没命地逃跑，夫差率领吴国大军步步跟进，不给他丝毫喘气的机会。最终越王勾践不得不妥协，沦为奴隶，做了三年苦役，受尽百般凌辱，才有了后来的"十年生聚，十年教训"的伟大成就。

勾嵊山传奇

白龙马传说

陈炯利

允常过世,勾践继位。自幼在诸暨长大的勾践和其父一样,一心想建立强大的越国王朝,他佩着父亲允常给他打造的宝剑,觉得"好剑配好马",有了好剑,必须找一匹与它相匹配的好马。他访遍当地人,被告知传说勾嵊山中有一匹神驹白龙马在此修炼,偶尔有人看到过。

神驹白龙马在哪里呢?这成了他的一个念想。

公元前494年,越吴大战,勾践大败,带领五千残兵败将退到勾嵊山中,几万吴兵穷追不舍,突然勾践坐骑被吴兵利箭射中,勾践只好急急忙忙向山上跑去,来到一个石壁崖前,心想吾命休矣,于是大声喊道:"天不亡我,赐我一匹马吧!"突然发现悬崖上有一处平地,一条直径几寸余粗的葛藤随崖而下,忽听到远处有马的嘶叫声,难道是马的缰绳?勾践一手抓住葛藤奋勇向上攀爬,发现这葛藤大小粗细不变,越往上,葛藤上的青苔越少。然后一跃上了崖上山地。紧接着,勾践慢慢地顺着葛藤往前,终于穿过一大丛荆棘,放眼望去,只见一匹雪白的马,无半根杂毛;从头至尾,长一丈;从蹄至项,高八尺;在阳光下熠熠发亮,悠然地吃着草,不时还弹弹马蹄。勾践蹑手蹑脚走过去,快到马身边时,以迅雷不及掩耳之势飞身跃上白龙马,白龙马一声长嘶,整个马身直立起来,勾践吓得连忙抓紧马绳。马带着勾践向勾嵊山深处跑去,来到一个山溪边发现前面没有路,后面追兵将至,突然白龙马前蹄跃起,纵深一跳到了对岸,突破了吴兵的包围,向会

第三部分　山水遗迹

稽山深处撤退。

勾践求和入吴时，就将白龙马放回会稽山中。

三年后勾践归国，居住在"天子苑"石洞草屋，不忘会稽之耻，石室之辱，卧薪尝胆，谋划复国，心中思念当年的白龙马救命之恩。不料第三天早上，白龙马竟神秘地出现在他住的地方吃草。这让勾践惊喜交集，激动地向白

▲ 会稽山岩石洞

龙马慢慢靠近，这白龙马似乎知道主人来了一般，仍然低头吃草，一点没有想逃走的样子。勾践走到白龙马身边轻轻地抚摸着白龙马的背说："白龙马呀，白龙马，如果没有你，我勾践这条性命早就没了。今后我一定为你建一座白马寺，让你享受人间烟火。"白龙马仰天一嘶，似乎听懂了勾践的话。从此勾践带着这匹白龙马走南闯北，不知杀了多少对手。传说在吴越一次混战中，一个吴兵挥剑，想从侧面偷袭勾践，白龙马突然跃升到半空中，半个转身一脚铁蹄要了吴兵的命，救了勾践。每当大家看见这白龙马，就知道越王勾践来了，它成了王者之荣的象征。

吴国灭亡后，勾践来到勾嵊山王坟岗祭祖，马放山路边，等他祭祖完毕，突然听到白龙马一声嘶叫，不见了踪影。勾践派人四处寻找不着。勾践心想，这白马本来就是山中灵物，让它修行去吧。为了纪念神驹白马的功劳，

勾嵊山传奇

勾践不忘自己许下的诺言，命人在会稽山中建了白马寺。

在这历史长河中，不断有人传说见到过白龙马吃草饮水，被描述得神乎其神。

一直到了唐宋年间的初秋，一天，本地的两个村民，走进了勾嵊山深处砍柴，下午时分突然下起了大雨，二人进了一个山洞躲雨。雨停后，两人砍好柴，需要有山藤捆绑，看到洞里边有一条拇指粗细的葛藤，便慢慢收拉藤条，一直拉了几丈，还是拉不完，两人非常惊奇，突然从洞口里传来了隐隐约约的马蹄声和马铃声，而且越来越近。这大山中何来马蹄声和马铃声？细细听来又觉得来自山洞之中，两人觉得非常好奇。见天色将晚，葛藤也拉了一大堆，捆柴也足够多了，于是就一刀砍断了葛藤，嗒嗒的马蹄声和清脆的马铃声逐渐远去。两人觉得非常惊奇，猜想，那一定是传说中的神马，可惜错过了。

回家后两人商量，觉得如果洞里真的有神马，必然还在，如能得到此宝马，一定能卖个好价钱。于是两人商量第二天再次进山去找，然而他们虽找到洞却不见昨天被砍断的洞里山藤，也不见多余的山藤，又在周围找了半天，也不见昨天山藤的痕迹，看看天色将晚，只好空着双手回家了。

路上村民见之好奇地问道："两位小哥为什么如此落寞？"那两人叹了一口气，把洞里发现神马的事，神乎其神地描述了一遍，当地村民不信，也去寻找，总是无功而返。

多少年来，村民或外地行者多次去勾嵊山踏勘，山洞依旧在，但不见牵马藤。但也有人说在深山远处看到过白龙马在吃草。白龙马的故事被一代一代的人流传了下来，成为人们茶余饭后的谈资。

第三部分　山水遗迹

退马坡

顾　春

春秋战国时期，社会极端动荡，各国之间相互征战连连，弱肉强食时时发生。吴国和晋国结盟，越国和楚国结盟，相互掣肘，相互利用，关系链时而断裂，时而复合。各方争斗的主要原因，归结为一个"利"字。他们在利益的驱动下，翻云覆雨，演绎着一曲曲战歌和一个个动荡的血腥故事。

相传有一天，勾践对范蠡大夫说："大夫，听说，夫差天天想报我杀父之仇，正在加紧练兵，而且，大将伍子胥天天提醒夫差：你忘了你父亲

▲点将台石景

被杀的仇了吗？本王听着就担忧，我们必须在他们的军队还没有形成气候的时候，一举消灭他们，这是上上之策。"

范大夫连忙劝阻："大王，我们在没有了解吴国实际情况之下，贸然带兵长途跋涉去攻击他们，这是兵家之大忌。而且我们出兵吴国，道义上不符合民众的意愿，并且越国本来就国力不强，近几年，征战连连，必定是凶多吉少。"

勾践却说："大夫，你错了，当把狼喂强壮了，我们再去杀狼，那才是凶多吉少，此次战役本王势在必行。"

范蠡无话可说，不得已悄悄为他做好一切准备工作。

越王亲自带兵征讨，一干精兵强将雄赳赳、气昂昂出发。

当夫差一探到越王勾践北上的消息，立马和大臣、干将们商讨战略措施。大将军孙武是一个运筹帷幄的帅才、奇才。他把兵马分成三组：一组人马，设陷阱，孙武自己把越军引入"夫椒"一带沼泽地，那里草木繁盛，

▲退马坡

但是会身陷泥沼，军队、马匹难以前进或后退，顺势切断勾践的退路；一组人马，夫差亲自带全国的精锐部队迎面出击，来一个痛打落水狗，让勾践没有喘息的余地；最后一组人马由太宰伯嚭一旁协助，旁敲侧击，声东击西，扰乱越王军心。越王兵马不知是计，长驱直入夫椒一带，不久，就遇到沼泽地，军队寸步难行，难以弄拳舞棒。此时，埋伏的大批吴军精兵，一跃而出，对越兵迎面痛击，越王军队被三路兵马夹攻，防不胜防，最后死伤严重，溃不成军，这就是历史上著名的"夫椒之战"。

越王杀出重围，带着五千残兵败将，沿着浦阳江，仓皇逃向勾嵊山，多亏他的"雪里神驹"高大威武，全身纯白无瑕，连一根杂毛都没有，跑起来如风驰电掣，但此时也已经伤痕累累。不得已勾践骑着神驹马，急匆匆往勾嵊山深山乌林处逃命。当来到一个岩壁时，上面是青山绿树，高峰如云，后有追兵，越王进退两难，只见神驹马轻轻一声长嘶，腾空而起，好像独脚金鸡一样来了一个反转，整个重心放在一只脚上，在岩壁上留下了一个倒退的脚印，然后，轻轻地倒退而上，躲进满是葛藤的森林，隐没在绿色中，其余的战马也紧紧跟随而进。勾践以为一隐入山脉，就万事大吉，但是怕马蹄印暴露痕迹，不禁仰天一声长叹："假如天不灭越国，明天满山都长满矮脚青。"此时奇怪，乌云弥漫的天空，下起了绵绵细雨。

夫差的士兵快马加鞭追到这儿，一下子失去了跟踪的目标，只见岩壁上的马蹄印朝下，连忙改换方向，朝勾践逃跑的反方向继续追杀。一顿折腾，却始终不见越王的踪影。江南的天气说变就变，此时，山雾弥漫，整个山顶好像被笼罩在灰白色的幔纱之中，深不可测，漫山遍野真的长满了"矮脚青"，把整个山坡染成了绿色，遮住了山上一道道的路痕。夫差面对这个景象，不禁大声长叹："天不亡越，奈何我。"据探子来报，此山背后都是高高的岩壁，勾践根本不能骑着马飞跃过去。

夫差连忙下命令，不惜一切代价，找到勾践，为父报仇，接着，命士兵把整个勾嵊山在下面实实在在包围起来。

眼看守山士兵无处可躲,被雨淋得像落汤鸡,一个个灰头土脸,无精打采。夫差权衡得失后决定,暂时带着军队,继续围山。一方面,搜刮了越国的大量金银珠宝、人畜牛羊、布匹谷物,满载而归;另一方面,迫使越王勾践投降。

从那以后,"退马坡"让越王勾践得以保全性命的神奇故事,被大家口口相传直到如今,它成了勾践获救的神奇参照物,也是大家凭吊往事的好去处。

第三部分　山水遗迹

越女池

郦小平

宋《会稽志》载："勾乘山，《旧经》云：'勾践所都也'。"风景秀丽的勾嵊山历史悠久，人文深邃，典故颇多。勾嵊山天子苑有一个温泉池，名曰"越女池"，常年泉水清澈，遇上干旱之年，泉水也不干枯。喝上一口，清凉甘甜。说起这个温泉池的来历，传说和一个叫阿青的牧羊女有关。

▲会稽山溪泉

春秋末年，勾践之父允常创立越国。公元前494年，吴越争霸，越王勾践为吴王夫差所败。越国兵败退守勾嵊山。但吴王夫差与伍子胥挥师围之，越降于吴，勾践被迫入吴为奴。

三年后，勾践被放回越国，表面臣服于吴，暗地里做复国准备，卧薪尝胆，誓雪国耻。在铸造兵器上，越王勾践遇到了很大困难。正在这时，吴王夫差派遣八名青衣卫士前来越国，给勾践送来一口宝剑。为了试探吴国虚实，越王勾践以比剑为名，在宫中派出自己手下卫士与吴国使者比拼三场。吴国使者身手了得，其所使用之兵器更是锋利无比。三场比赛下来，越国锦衣卫士被当场格杀多人，而吴国所赠送的宝剑更是神器，其锋利能断轻纱，而碰到沉重兵器亦不会折断，令越王勾践和大夫范蠡心惊胆战，又羡慕不已。

越王勾践与文种、范蠡两人商议对策，打算寻找铸剑名匠。铸过湛卢、纯钩、胜邪、鱼肠、巨阙五柄名剑的欧冶子已经过世，他的两个徒弟之一薛烛尚在越国。越王召见薛烛，想让他来铸剑，而薛烛却只剩下六根手指，已成废人。原来薛烛的师兄风胡子为吴国铸剑，劝薛烛同去不成，就将他四指斩断，好让他不能再为越国铸剑。

越王等人无计可施。话分两头。一日，范蠡在回家路上，想起了他亲自找到的美女夷光，两人在相识后已经彼此相爱，难舍难分，只是为了越王的报仇大计，才忍痛将她改名西施，进献于吴王。而范蠡心中却无时无刻不想早日击破吴国，好迎回西施。正在此时，范蠡看到吴国遣来送剑的八位使者在街头作恶，借醉酒之际斩断了范蠡两个卫士的手掌。范蠡皱起眉头，愤怒迅速在胸口生起，只是为了大局强忍住了怒火，没有发作。

这时，忽听得咩咩羊叫。只见一个身穿浅绿衣衫，眉清目秀的少女挥着一根竹棒赶着十几头山羊，从长街东端走来。这群山羊来到吴国剑士身边，便从他们旁边走过。忽然，惊人的一幕发生了，一名剑士兴犹未尽，

第三部分　山水遗迹

长剑一挥，将一头山羊从头至臀，剖为两半，便像是画定了线仔细切开一般，连鼻子也是一分为二，两片羊身分到左右，剑术之精，实是骇人听闻。其余七名吴国剑士大声喝彩，范蠡心中也是一惊，觉得甚是诧异。

那少女将手中竹棒连挥，将余下的十几头山羊赶到身后，和吴国剑士说道："你为什么杀我山羊？"声音又娇嫩，又清脆，也含有几分愤怒。那杀羊的剑士将溅着羊血的长剑在空中连连虚劈，笑道："小姑娘，我要将你也这样劈成两半！"范蠡连忙叫道："小姑娘，你快过来，他们喝醉了酒。"牧羊少女说道："就算喝醉了酒，也不能随便欺负人。"那吴国剑士举剑在她头顶绕了几个圈子，又将长剑探出，去挑割牧羊少女腰带，只见那牧羊少女手中竹棒一抖，戳在他手腕上。那剑士只觉手腕上一阵剧痛，当啷一声，长剑落地，那少女竹棒挑起，碧影微闪，竹棒已刺入他左眼之中，那剑士大叫一声，双手捧住了眼睛，连声狂吼。一名身材魁梧的剑士见少女伤了自家兄弟，提剑来刺少女，少女用同样的招式，用竹棒刺中剑

▲猿猴石

士右肩，那剑士这一剑之功立时卸了，少女竹棒挺出，已刺入他右眼之中。牧羊姑娘以四招戳瞎两名吴国剑士的眼睛，还有六名剑士又惊又怒，岂肯罢休，各举长剑，将少女围在了中心。

没想到表面娇弱美丽又天真无邪的少女，手持一根竹棒，只用了四招就戳瞎两名吴国剑士的眼睛。手法如何虽然看不清楚，但显然是极上乘的剑法。范蠡不由得又惊又喜，待见六名吴国剑士围住了牧羊少女，心想她剑术再精，一个少女终是难敌六名吴国剑术高手，不由得为她担心。那牧羊少女冷笑道："六个打一个，也未必会赢！"话音未落，左手微举，右手中的竹棒已向一名吴国剑士眼中戳去，将其戳伤。其余几名吴国剑士将长剑齐向那少女身上刺去，少女身法灵巧至极，一转一侧，将来剑尽数避开，手挥竹棒，一转圈，噗噗噗，竹棒戳中了他们的手腕，他们的手指不由自主松开了，咚咚咚，吴国剑士手中的剑一一被击落在地，剑士落荒而逃。

范蠡大喜，从谈话中得知牧羊姑娘叫阿青。于是邀请阿青到家，并在谈话中得知她的师父竟然只是一只白猿。原来阿青在很小的时候去放羊，常有一只白猿来跟她玩耍，白猿以长臂抓阿青，阿青则用竹棒抵挡，慢慢学会反击，日积月累，经过数年，最后练成天下无双的竹棒武术。

范蠡将阿青用竹棒刺伤吴国剑士的事情禀报了勾践，并介绍阿青的剑法如何了得，建议勾践让阿青来军中教剑术，提高越军战斗力。

勾践听后说："这真是天助我也！快快把她请来。"

阿青被勾践邀请到勾嵊山军营中，越王一看是个年轻文弱、美貌女子，怎么会有如此厉害的武功，就让范蠡叫来剑术较好的几个老兵对练一下，老兵一看是个女娃，说："大王让我们同她交手，有辱我们男人名声。"不肯交手。

勾践说："这可是我给你们请来的老师，你们千万不要小看了。"

不料阿青对着几个老兵说："你们三个一起上我也不怕。"

"好，那就不要怪我们不客气了。"三个老兵一拥而上。

只见阿青姑娘将竹竿举过头顶，一个转身，如蜻蜓点水，瞬间将三个老兵的剑打落于地，老兵们都摸不着头脑，一招就输了，感觉十分惊奇。

勾践问："你使用的叫什么武功？"阿青说："没门没派，也没武功名号。"越王说："你如此厉害的武功怎么可以没称号呢？就叫越女剑吧！孤赐你越女剑一把，你可以将竹棒法改为剑法，教会军中士兵。"

阿青对勾践说："大王要我教剑术可以，但要答应我一个要求。"勾践问阿青有什么要求，阿青说："每日教大家练剑，出汗多，恳请大王为我造一个浴池，以洗去一天的疲劳。"

勾践说："小小要求，可以满足你。除此之外，孤将专门为你打造一个小园子，内建浴池。"

范蠡经过几天寻找，发现在天子苑的山湾里有一处泉水在冒热气，就命人建起了一个温泉小园，给阿青使用。

此后，阿青随范蠡到各个藏兵军营教会了上万名越国将士越女剑法，使军士的剑术有了前所未有的提升，战斗力大大加强。

勾践也经过卧薪尝胆，终于在 10 年之后，兴兵伐吴，战于五湖之畔。最后用三千越甲将士，以锋利的宝剑和精妙剑术同吴兵搏击，攻破了姑苏都城，吴王夫差被逼自杀身亡。

摇石头

燕 子

诸暨安华勾嵊山原范蠡祠右上方有一座突兀的大石头,它好像被人为"搁"在两块石头之上,形成"三足鼎立之势",守卫着这一方山脉。更让人奇怪的是,风儿一吹,它摇摇欲坠,有节奏地摆动,并且发出阵阵回声,经久不息,让人观之而后怕,大家就叫它"摇石头"。但是,2500年过去了,摇石头还是原貌,不断地跟着风儿的旋律,唱着它自己能听懂的歌,在这里见征了范蠡祠、老摇石头村的存在,这不禁让我们感叹它的尽心尽职,

▲摇石头

第三部分　山水遗迹

它的故事醇厚。

据说，越王勾践自负征战吴国，想称霸一雄，反倒被吴王来了一个瓮中捉鳖，狠狠地痛击。吴越"夫椒"之战，越国大败，越王勾践沿着浦阳江仓皇逃难。

勾践一路狂奔，一路咆哮着，希望上天给予他帮助，希望范蠡大夫能来帮忙。但是，转念一想，范蠡那一介书生，如何能挡得住大队人马，一种绝望感油然而生，不禁大叫："天亡我也！"

话说回来，勾践兵征吴国，范蠡镇守家园，但是范大夫却感觉忐忑不安。此前他审时度势，多方分析，料到越王此去必然凶多吉少，今日观看星辰，发现天空灰茫茫的，王星被浓雾笼罩着，暗无星光。他连忙占一卦："发现越王灾星在北，此去王星、将星必定蒙难，而且王星有三年的牢狱之灾。"他冥思苦想筹划着，在勾嵊山设置第一道关："摇石头"阵。他请求山神，在半山腰天险处，一条山沟上方突出的部位，有两块岩石的地方，搬来一块大石头，然后，放在两块岩石上，做摇摇摆动之态，只要稍微用力，石头就可以顺着山势滚下。假如吴王敢贸然进攻，他就念动咒语，或者请士兵推下大石头，然后大石从天而降，以泰山压顶之势，砸烂吴王，挡住吴兵前进的道路，然后来一个"鱼死网破"，挡住追兵的追赶。另外，他观察整个勾嵊山地貌，发现天子苑对面山坡长满密密麻麻的葛藤，葛藤叶大茂盛，葛藤缠绕，密不透风，是一个天然的树蓬，只要穿过葛藤山，大王就有了生存的希望。他立马命令手下，快速打开一个通道，随时等候大王的到来。

范大夫远远地听见山下箭声萧萧，马蹄阵阵，看见刀劈岩石发出的荧荧火光，连忙钻出埋伏点，一探详情，刚好和神驹马相遇。神驹马猝不及防，吓了一大跳，一声长嘶，前脚悬空，因用力过猛，在岩壁上留下一个倒退的脚印。范蠡连忙引大队人马从事先准备好的葛藤小路逃遁，另外，又叫后面的士兵恢复葛藤原貌，让吴兵无迹可寻大队人马的踪影。当范蠡跟着人马全部撤退完毕，走了没几步后，又连忙折回来，来到岩壁上，故意把岩石上的倒退马蹄印显露出来，然后跟着大队人马，悄悄地隐没在葛藤林中。

可想而知，吴王被蒙蔽了，一看马蹄脚印的朝向，就贸然判断越王勾践的逃跑方向，连忙命令手下，朝着马蹄的方向追赶，当他们狂追半炷香的时间后，发现前面无半点兵马运动的痕迹，一声长叹："狡猾的南蛮子，本王被骗了。"连忙带兵折了回来，但为时已晚，越王勾践的兵马已经冲出重围，穿过葛藤林，不见了踪影。然后历史上就出现了吴王兵围半月勾嵊山，越王勾践束手称奴事件。

但是，范蠡大夫预备对付吴王用的"摇石头"，因为战争的特殊情况，没有即时使用，被废弃在那里。就这样，这摇摇晃晃的石头被留在原来的地方，随风摇动，经久不息。因为这三块岩石构成一个天然的三角形空间，风吹进石洞，洞内风儿辗转吹出，就形成了一种回声，好像石头在唱歌，本地人就叫它"风动石""摇石头"，这特殊的景象成为勾嵊山的一大奇观。

第三部分　山水遗迹

王坟岗

顾超杰

商王朝末期的时候，在越国北部地界上，来了一些不速之客。周部落领袖——古公亶父的两个儿子泰伯和仲庸，为了避免部族中的杀身之祸，在今江苏省一带建立吴国，打破了南边越国人平静和原始的生活。由于他们来自周部落，有着更加先进的思想，再加上经济的发展、生活的改善，促使很多部落纷纷归附于他们，吴国的势力越来越大。

▲王坟岗遗址

| 勾嵊山传奇

▲越王墓碑

越国人虽经历了三十几代人的努力，在疆域、人口、生产力等方面有了一定的提升，可速度非常缓慢。想不到从吴王寿梦到吴王阖闾，还不到一个世纪的时间，吴国进入了大发展时期，版图扩大，军事力量雄厚，国家变得非常强大。从时间和幅度上来说，吴越两国相差甚远。

在公元前537年前后，越王允常即位，"允常"是《越绝书》和《史记》当中对他的称呼，《吴越春秋》中则称其为"元常"，而又有其他史书称其为"夫谭子""夫谭生"。他是一个有头脑的君王，他把现在安吉的古城迁徙到会稽（今浙江绍兴），那时正好是吴国对他们逼迫最凶的时候。面对邻国的压迫，允常意识到只有增强综合国力，发展经济、文化、军事力量，才能保国安民。于是他选择了不与吴国争锋，转而向南拓土，收编小的部落，从而增加人口、土地、税收、军队，使用各种有益的利民政策，全方位增强国力。

《史记·越王勾践世家》记载:"允常,拓土始大,称王。"越王允常向南开拓疆土,并且最终称王。通过越王允常的努力,越国的疆域几乎覆盖了今天浙江省全境。越国虽然从血脉上可以追溯到夏朝少康,但在春秋时期的各国中,可以说是成熟最晚的一个国家,与中原各"老字号"诸侯国当然无法比较,而且被中原人认为是"蛮夷之地"。

至公元前505年,越王允常经过数年准备之后,决定举兵反击。《春秋·定公五年》载:"於越入吴。"同年《左传》亦载:"越入吴,吴在楚也。"允常选择此时讨伐吴国,是因为其时吴军正与楚交战,故《吴越春秋·卷四》云:"吴在楚,越盗掩袭之。"

此次伐吴之战是越国历史上第一次自卫反击战争,"越王允常恨阖闾破之檇李,兴兵伐吴",也是对五年前吴军进犯的报复。从当时两国军事实力而言,吴军正处于"五战入郑"的鼎盛时期,所以越军并未能取得重大战果,但也足以显示越王允常战胜强敌的决心和勇气。

公元前497年,允常因为征战连连,劳累过度,不幸病故于勾嵊山。儿子勾践继位。

清光绪《诸暨山水志》卷五记载:"相传越王句践曾栖于此。今岗上有古坟遗址,俗名越王墓。"岗上坟墓,传说是勾践之父允常之冢。

王坟岗位于天子苑一侧,古木参天,绿树掩映,天晴时,绿意盎然,白雾披纱;天雨时,云蒸霞蔚,紫气萦绕。这肯定是传说中的风水宝地,封荫子孙的龙脉之地,因此越王允常,择地、仙葬于此。

越王允常之时,属于半游牧民族时期,经济条件、生活条件还没有到较高层次,但是王者之举,总要高出世人许多。相传,越王允常墓位于王坟岗,他留下谜语:"上七百,下七百,左七百,右七百。"是七百米,还是七百步,按照春秋时代的度量机制来说,应该是七百步;上下、左右都是七百,好像是圆的中心,但这上下七百的概念是以什么为参照物,在什

勾嵊山传奇

么位置？它像谜一样，让后人不得而知。

因此，出现了许多推测。像绍兴印山的"越王允常墓"，结构造型都气势恢宏，由隍壕、封土、墓坑、墓道、墓室、陈列室组成，墓道长54米，宽6.8米，墓坑长46米，其结构属于竖穴岩坑木墓。但是按照专家对当时社会的经济、环境、物质条件等分析、判断，只能属于勾践的备用陵寝，越王允常的墓应该在诸暨会稽的勾嵊山。

据勾嵊山脚下的村民介绍，王坟岗那一方山地，长期以来大家都叫它"大墓山"，大墓意味着"大墓"的真实内涵，虽经过岁月的冲刷，老百姓的口传相说，但是依然有其存在的影响。

▼王坟岗远景

第三部分　山水遗迹

尝胆石

寿春萍

卧薪尝胆已成为人人皆知的一个成语，而它的来龙去脉，据传说，发生在勾嵊山上那个叫天子苑的地方。如你有心，去山上寻找，那里有块形状像床铺那样天然生成的巨大岩石，在当地人的口头流传下，就叫尝胆石。

话题得从吴越争霸的当年说起。相传越王勾践的兵马被吴国大军打得落花流水，丢盔弃甲地败退到勾嵊山上后，纷纷躲藏在丛林沟壑中。好在

▲天子苑尝胆石

勾嵊山传奇

那勾嵊山群山起伏、峡谷深深、茂林修竹、曲径通幽，使吴军在追寻越军逃兵时，感到处处扑朔迷离，处处扑空，直累得个个疲惫不堪、饥饿难当，只好纷纷退出深山，无可奈何地暂且撤下山去。

待吴兵消失后，越兵才三三两两地从一个个隐藏处钻出来，互相打着招呼，然后纷纷寻找着，陆陆续续地向越王勾践及其手下大臣围拢上去。面对一时无法收拾的败局，勾践听取范蠡的建议，指挥众兵将在这天然屏障勾嵊山中歇脚下来，等缓口气后，再从长计议。于是，大家分头去找可以暂时歇息之处。范蠡和文种也指使手下，一起为勾践寻找一处比较舒适的可临时安身的地方。

毕竟是高山峻岭，野外地方，一时要找一个能让人日夜可以安歇下来的地方，实在不容易。正在范蠡和文种寻寻觅觅，难以定点之时，他们忽然发现，在天子苑平地处有一块平躺在山上的巨石，那形状真像一张大床铺似的。两人顿时觉得，这倒真是让勾践暂且安顿下来歇息的天然卧铺！他们又在巨石的前前后后踏勘一番，细加斟酌，顿时觉得十分妥当，于是把勾践引导到这块大石头所处的地方，并向勾践表明意图。勾践一见那大石头果然像天然形成的大床铺，不由得欣然点头。范蠡和文种便马上命手下把石板上的青苔碎石一一清理干净，并叫砍来一捆捆细软的柴草铺垫在上面，于是乎，一张从上到下浑然天成的大床出现在勾践面前。

接下来，虽说勾践一时觉得，凭勾嵊山的天然屏障，越兵暂时可以喘口气，但没过多久，他更深深觉得，莫非正是天助我也——从勾嵊山气象万千的山势地形看，真如范蠡所思所见，是养精蓄锐的理想之处。从这一清晰的思路出发，他白天和范蠡、文种及手下对安顿兵马做种种部署指挥，晚上则卧薪于石上，做反复谋划盘算，终于使自己头脑更冷静，思路更清晰起来。他决定按范蠡提出的策略，去吴国向吴王夫差主动投降，求其饶过一命；而在此地，则叫文种抓紧统筹，悄悄地招兵买马，重整旗鼓，加强军队建设。

　　据史料记述，越王勾践和范蠡待在吴王夫差那里，他们经受了整整三年人间绝无的耻辱和磨难，像奴才一般对夫差鞠躬尽瘁、阿谀奉承的侍候，才保住了性命，迷惑了吴王而被放行，回到了勾嵊山。

　　当勾践重上勾嵊山，他仍然叫手下在天子苑那曾经睡过的石头上铺上柴草，搭配棚顶，决定每晚仍然卧于那里。与此同时，他还想出一个能时刻不忘在吴国夫差那里受尽的耻辱的激励自己的方法，即叫手下在屠杀一些鸡鸭猪羊等牲畜时，务必把一个个苦胆留下，并挂在他当卧床的石头上面的棚顶架子上。当他晚上去石板睡觉时，便先站起身，用牙咬破那挂着的苦胆后，再伸舌头舔一舔，并念一声："汝忘会稽之耻邪？"才仰面躺下。而起身时，他也重复一次，每日如此。

　　从此，勾践和兵将们一起，下地耕作，同甘共苦。与此同时，他一边全力以赴养兵买马，操练比武，增强军队的战斗力，一边和范蠡、文种他们想方设法，献美女西施给吴王夫差，让他不知不觉中渐渐沉溺于美色，导致不问国事；又用各种贡品去贿赂吴王下面的重臣太宰伯嚭，使他在夫差面前替越国说好话。年长日久，吴王夫差在不知不觉中渐渐意志丧失，导致不顾贤臣伍子胥的劝阻，反倒听信了佞臣伯嚭的意见，使夫差对越国伺机复辟彻底丧失警惕心，导致吴国国力渐近衰弱。由此这般，直到反攻时机成熟，勾践便挥师征讨吴国，直把吴国一举剿灭，夫差反而成为他的阶下囚。勾践听从范蠡规劝，斩草除根，报了仇泄了恨。

　　世事如烟。如今上勾嵊山到天子苑，那尝胆石仍在那里。虽经千百年风风雨雨，此石却棱角分明，舒坦光洁，仍如一张巨大的石床，让人恍惚觉得，当初越王勾践那卧薪尝胆的一幕犹在眼前。

勾嵊山传奇

神仙洞与摇石头

周建华

勾嵊山南麓有个罗汉石湾,湾里有个仙人洞,洞外有块摇石头。

传说春秋战国时,越王勾践为了报仇,天天睡在干柴上,起床时尝一尝从房顶上挂下来的苦胆,日复一日,发愤图强。他的雄心壮志感动了玉帝,玉帝派八仙下凡,帮助勾践筹划灭吴复国大计。八仙秘密来到罗汉石湾,见这里树木森森,溪水潺潺,于是下榻,没有现成的洞府,他们各显神通,张果老向山上轻轻地一招手,山顶上就飞下来四块巨石,三块直立为柱,一块覆盖为顶,瞬间一座别有洞天的神仙府坐落在山间。洞分前后

▲摇石头

两室，前洞虽不大，但供一二十人休息绰绰有余。洞虽然不高，但人可挺身而入，绝对没有压抑之感。吕纯阳手执宝剑在石壁上刺出几个不大的洞孔，既通风又透光，

神仙洞

光从孔入，照在洞壁上，为洞府增添了光亮和生气。内洞略小一些，何仙姑把花篮往地上一放，地上立即就有了大小不一的水池，大的如脚盆，小的如汤钵，池中水清澈鉴人。一泓清泉自内洞流向前洞，上下流动，叮咚有声，清脆悦耳。内洞愈深愈窄小，至今没有人知道洞的深浅。

八仙在洞中筹划灭吴大计，并画成攻吴路线图。一日，范蠡检查完南寨练兵，忽然见到山中升起一团烟雾，他一路寻踪来到湾中，进入洞中，不见人影，只见石桌上放着一个木匣，打开一看，竟然是一本《灭吴要略》。范蠡得到天书，望空下拜，立刻回程献书于勾践。次年吴越大战，勾践凭借天书神助，一举灭吴。

后来，勾践为感谢众仙相助，率文武大臣来到罗汉石湾。但不见什么神仙洞府，只见一块圆形巨石立在其间，石大如屋，只有一个不大的支点接触底座石面，远看如懒猫拱背，近看似石蛙朝天，每换一个角度都可捉摸出不同景象。风吹则动，惊险非凡。为什么不见洞府只见巨石？原来八仙将回天庭复旨时，铁拐李将酒葫芦倒着一扣，葫芦变成巨石有意遮蔽了洞府。

《光绪诸暨县志》记载："勾嵊之南有摇石湾，中有石，大数围，风吹则摇，故称'摇石头'。"

勾嵊山传奇

金锣银锣塘

汤玉兰

在勾嵊山北侧金高坞村村前的山脚下，有一圆一方两个池塘，并排陈列在那边，同样是勾嵊山流下来的水，同样的地貌，却有一个奇怪的现象：一个池塘的水，清冽干净，可以照见人影；一个池塘的水，混沌不堪，像黄河的水一样，很难见底。这奇怪的现象里到底藏有多少故事，且听我来慢慢解说。

相传 2500 年前，越王已经对勾嵊山出产的青铜深有研究，为了争霸四方，造就了青铜剑五枚，分别为"巨阙、纯钧、湛卢、胜邪（又名磐郢）、鱼肠"。这些剑锋利无比，挥之，则剑气纵横，刀光剑影，威力无穷。而击鼓和鸣金是古代军事指挥的号令。而且击鼓就是敲战鼓；"鸣金"就是"鸣钲"，"钲，似铃，柄中上下通"。钲是古代的一种乐器，用铜制成，颜色似金。为了战争的需要，越王姒允常特地要求造剑能手欧冶子，制作银钲和铜钲两面钲，称为金银铜锣。银钲和铜钲的直径 50 厘米，锣面光亮剔透，声音脆而亮堂，平且回声嘹亮。欧冶子为了提升金银铜锣的价值，用两条 500 年以上的青、白大蛇作为喋血延炼之引子，活化内涵，背后还装饰了两条凶猛的、腾空的、威武的蛇原身，价值连城，初一看，让人望而生畏。因此每次战争，越王都要求左仆射用生命保管好金银铜锣，并且一左一右悬挂在马背上。每次冲锋陷阵，金银铜锣在阳光下必是熠熠生辉，鸣金收鼓时，声音洪亮，震慑四方。

第三部分 山水遗迹

　　吴越夫椒之战，越王勾践大败而归，沿着浦阳江，带着残兵败将仓皇逃向勾嵊山，左仆射也拼死保护金银铜锣，一路跟随越王撤退。但是，不管越王的兵马如何逃遁，夫差的大队人马都可以正确无误地找到越王逃跑的路线，跟踪追击。原来，金银铜锣在阳光下有反射作用，它在马背上一摇一晃，在阳光的照耀下，折射出许多条金色、银色的光线，射向天空，射向云朵，在天空中交织成彩霞。而夫差利用小伎俩，把自己的小铜镜挂在高高的竹竿上，旗手骑在马上，把它高高举起来，左右巡视，此时，夫差的小镜折合金银锣鼓的光线，形成一个影子，夫差观镜，这样越王勾践的人马就可一览无余。了解了越王勾践的逃跑动向后，吴王就轻而易举地掌握了越王的军事秘密，成败在此无须赘述。

　　当越王勾践逃到"埠中"稍做休整时，左仆射也卸下金银铜锣，在阳光下随手擦拭它们。发现镜面明亮，可以照见人影，左仆射看见镜子中落魄的自己，蓬头垢面，衣服东一块、西一块，随风舞动，且脖子上血迹斑斑，无奈地笑了笑，扮了一个鬼脸，不禁玩起了青铜镜。此时，只见不远处出

▼金罗银罗塘

现了一个亮点,并且随着金银铜锣的不断移动,那圆点或上或下跳跃着,两个黄毛小童来凑热闹,在地上追逐着,寻找亮点。左仆射大惊失色,难道是自己无意中被敌人利用,暴露了整个部队的行踪,假如被越王勾践知道,自己将成为越国的千古罪人,遗臭万年。他顾不得休整,向越王奏报:"报告大王,金银铜锣是越国的宝贝,决不能落入敌手。我得提前把它藏起来,预备来日使用。"

不等越王命令,他立马跨上马背,从小路一路向勾嵊山狂奔,来到勾嵊山北面的山沟,只见到处古木参天。假如把宝贝挂在树上,根本不可能,因为还没藏就会被发现;他想挖土埋在地下,但是,山背后的不远处已经听见马嘶、呐喊声、刀剑混杂声。他来不及仔细考虑,立马把金银铜锣分别放在两个池塘里,奇怪,金银铜锣一放到水里,就打了两个侧身,泛出几缕亮光,转眼沉入池塘底不见了。他连忙骑上马,追赶大部队,隐没在丛林中。

从那以后,只见一个池塘的水,清澈干净,一个池塘的水混浊不清。据传说,金银铜锣化作金蛇、银蛇遁地而走,再也找不到它们的踪影。有好事者不相信金银铜锣遁去之传说,想抽水捞宝,但是几千年过去了,都是无功而返,如今成就了两个池塘的悬念,让更多人去寻根究底。

第四部分　风物文化

| 勾嵊山传奇

王者之剑

陈孝平

公元前494年,吴越夫椒之战中,勾践败降于吴。三年后,越王勾践从吴国被释放回国,在诸暨勾嵊山卧薪尝胆,一心想着复国大业。为了研制锋利刀剑,又不能让吴国看出端倪,勾践决定从打造佩剑做起。据晋王嘉《拾遗记》卷十:"越王勾践使工人以白马白牛祠昆吾之神,采金铸之,以成八剑之精。"刻有勾践佩用"越王剑",千年不锈,以削铁如泥、吹毛断发之锋利,名扬天下。传说越王宝剑的来历,和勾践复国争霸有关。

相传勾践自从吴国回到诸暨勾嵊山后,每天傍晚坐于门前的卧石上反省自己。回想上次的教训,作为格斗用的刀剑等武器不及吴国的锋利,也是失败的原因之一。工欲善其事,必先利其器,打仗必须有大量的优质刀剑等作为战斗武器。虽知锋利刀剑是克敌之利器,然而眼下吴国紧盯着他,他也只能忍辱负重。为复国他尊贤礼士,敬老恤贫,以百姓为念,牢记亡国之痛、石室之辱,不让舒适的生活

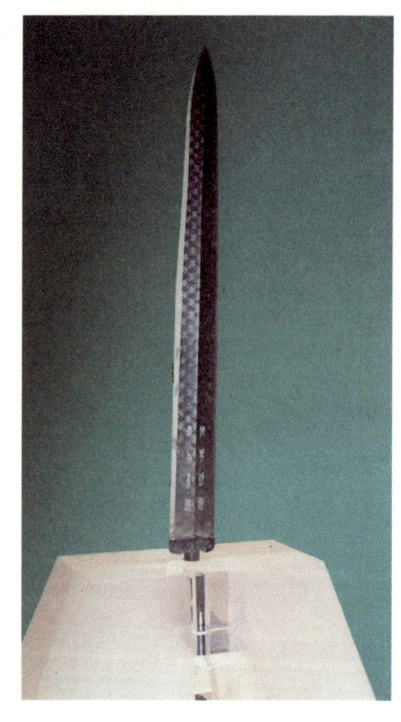

◀ 越王剑

第四部分　风物文化

消磨了意志。勾践住在一个最破烂的房子里面，撤下锦绣被，铺上柴草草褥，餐饮时先尝一口悬在床头的苦胆，留下了卧薪尝胆的典故。他颁布了一系列法令，发展农桑，增殖人口，减缓刑罚，轻徭薄赋，博取了军民的爱戴。

▲越王剑铭文

一年过去了，吴国夫差见勾践每天和百姓一起劳动，让自己妻子织布，过着和百姓一样的生活，没有招兵买马扩军备战之意，开始放松了警觉。勾践便秘密让大夫范蠡邀请铸剑师欧冶子打造锋利的刀剑、箭头等兵器。不料，铸剑师欧冶子已过世了，这让勾践遇到了很大困难。

正在这时，吴王夫差派遣八名青衣卫士前来越国，送来宝剑一口。为了试探吴国虚实，越王勾践以比剑为名，派出自己手下卫士与吴国使者比拼三场。吴国使者身手了得，其所使用之兵器更是锋利无比，三场比赛下来，越国卫士多人被伤害，令越王勾践和大夫范蠡心惊胆战，又欣羡不已。

青衣卫士回吴后，吴王夫差听了这个汇报，十分开心，从此就更加放松了对越国的监视。

越王勾践与文种、范蠡两人商议对策，一定要找到铸剑名匠，打造更好的兵器，才能做好复国准备。后来终于打听到铸剑师欧冶子的徒弟薛烛尚在越国，但他的手指被人暗算，斩了四个，无法再铸剑。越王命工匠中最优秀的老师傅学习打造。老工匠按薛烛的要求，准备打造一流的好剑。

老工匠接令后，在勾嵊山发现了金铜矿，采了一些矿样，但按欧冶子

勾嵊山传奇

的要求,打造一流的好剑需要更多更好的含有铜、锡、铅、铁等金属元素的材料。老工匠为了寻找炼宝剑的好材料,开始四处寻找。

　　一日,老工匠来到大成坞云雾山顶,满头大汗,搭手遮阳向西北一望,苎萝山就在眼前,一条弯弯曲曲的江河沿岸而下,西施浣纱处的苎萝山清晰可见。想到西施被逼选美进吴,心中不忍,心底里盼着越王能早日复国,让西施回归故里,百姓过上安稳的好日子。转身侧望,忽然发现不远处有一块石头发出暗黄色光亮,急忙拿出小铁锤敲破石面,金黄色的石头露了出来,细细一看纯度很高,真是制作宝剑的好材料。敲打了一个时辰终于将这块金黄色的石头装满了背筐,心想有了这个矿石可以打造宝剑了。

　　老工匠取到矿石后,连夜回到了勾嵊山工匠铺。

　　从矿石冶炼开始,老工匠一副严肃的脸孔,令徒弟不敢有一丝偷懒,经过几个日夜的奋战,一团团青铜合金材料被冶炼出来,老工匠看了以后,长长地舒了一口气,心中暗喜:终于成功了。

▲勾嵊山青蛇山

老工匠知道要制造出锋利的青铜宝剑，还要经过锤打、刨锉、磨光、镶嵌、淬火等多道核心工序。最关键的还要有神来之物配置，再经过层层工序让宝剑融为一体，充满神差鬼使的灵气。这就是老工匠心中要打造的真正的越王宝剑。但佩剑的长度、宽度、厚度要与大王的身高、臂长等相匹配才好，越王这么忙，老工匠这怎么能相约呢？

说来也巧，一天傍晚，勾践刚坐在尝胆石上念念不忘复国之事，忽然听到远处叮叮当当的声音，沿路而下。

六月里，天气十分炎热，山沟断流了，铸件淬火需要不断地加水，山上只有天子苑和附近的蛇洞有泉水。但天子苑是大王居住的地方，不是一般人可以进入的，老工匠只好到附近的蛇洞取水。老工匠正想取水时，月光下见大王勾践正向他这里走过来，这让他喜出望外。

老工匠激动地站到工匠铺门口大声说道："恭迎大王！"勾践进工匠铺一看，有几把在加工的剑放在烧红的火炉里。勾践顺手拿起其中一把，在胸前比划了一下，红红剑身在月光下红光闪烁，脸露微笑地对工匠说："你辛苦了。"

老工匠急忙回敬道："大王辛苦。"

接着对勾践说："大王您来了正好，您要用的宝剑需要按您的身高、手臂长短和握力来定制长度和重量。您先试试毛坯剑，哪些地方不足的我马上记下，再按要求改好。"

老工匠日夜冶炼、敲打和在蛇洞里取水，不承想惊动了在山洞中修行了500多年的两条大蛇，一条白色，一条青色。

两条蛇的清修被打扰了，心里骂道："哪个该死的东西，不想活了！"这两条恶蛇，平日里不知吃了多少禽畜，伤了多少樵夫、药农。今天它万万没想到洞外站着的是越王勾践。蛇在洞里听到外面声响，青蛇对白蛇说："白姐姐，你休息，我去收拾他们。"然后嗖的一下子蹿出洞来，看看到底是谁，在干什么。

勾践刚想放下剑，突然轰隆一声巨响，一股烟雾弥漫开来，半空中一团黑云浮在工匠铺上方，血盆大口对着老工匠扑来。老工匠大惊失色，勾践手握红色火剑，大喝一声："大胆妖孽，孤王在此，岂容你放肆！"随手一剑对准青蛇的七寸刺去。剑如闪电一般，刺进蛇身，刺的一声响蛇血从剑头直进剑柄刚好为宝剑做了淬火。

说时迟，那时快，另一条白蛇也从洞里快速蹿出，蛇口大张，两条血红的长舌，直扑勾践而来。勾践用力抛掉剑上之青蛇，急忙退后一步，快速从炉子抽出另一把火红的剑，对准白蛇七寸刺去，然后用力两边撕开，可怜那白蛇半身被劈开，一股焦肉味飘浮在空中。两条死去大蛇瞬间化成两座大山，一座满山白砂石块，称为白蛇山；另一座青苔覆盖，称为青蛇山。

两条恶蛇被除，从此百姓上山不再害怕大蛇，两把宝剑也平添500多年的灵气。一个千年不干涸的蛇洞泉水流淌至今。

宝剑初成，越王觉得佩剑还达不到足够的神灵之器，于是对工匠说："宝剑长、宽、重量、外形都好，唯缺神韵细密。"

据晋王嘉《拾遗记》："命工匠采白马白牛祠昆吾之神，采金铸之以成八剑之精。一名掩日，以之指日，则光昼暗。金，阴也，阴盛则阳灭；二名断水，以之划水，开即不合；三名转魂，以之指月蟾兔为之倒转；四名悬翦，飞鸟游过，触其刃，如斩截焉；五名惊鲵，以之泛海，鲸鲵为之深入；六名灭魂，挟之夜行，不逢魑魅；七名却邪，有妖魅者，见之则伏；八名真钢，以切玉断金，如削土木矣；以应八方之气铸之也。"

公元前482年，勾践君臣同心努力，发愤图强，国势蒸蒸日上，吴国却历年争霸，国力消耗过大，一天天走向衰败。经过了十多年的耐心等待，勾践趁吴王发兵北征之机，运用锋利战斗武器，发动了复仇战争，越国大获全胜。

勾践复国后，认为勾嵊山是他复国胜利的摇篮，是真龙福气的所在地，于是命人将其中七把宝剑藏于勾嵊山大墓山内，作为镇山之宝，只留一把随身携带。

后来，越王勾践因政治联姻需要，将随身的佩剑作为陪嫁，送给了远嫁楚国的女儿，最后成为楚国的陪葬品。这也许就是1965年冬天出土于湖北省荆州市江陵县望山楚墓群中刻有"越王鸠浅（勾践），自乍（作）用剑"的越王勾践剑。剑柄、剑格乌黑，剑格两面铸有花纹，分别嵌有蓝色玻璃与绿松石。剑首向外翻卷作圆箍形，内铸11道宽度不到1毫米的同心圆。越王勾践剑制工精美，显示出铸剑师的高超技艺，堪称中国国宝。

越王勾践剑出土时寒光闪闪，剑刃仍很锋利。历经2500余年，仍然纹饰清晰精美，加之"物以人名"，此剑被当世之人誉为"王者之剑"。

勾嵊山传奇

雅鱼的上下桑园

顾 春

公元前494年,吴王夫差为了给父亲报仇,积蓄力量后,发兵攻打越国,勾践不顾范蠡的劝告,也发兵与吴国人去拼命。结果越国大败,不得不向吴国求和。越王勾践和雅鱼夫人在吴国被奴役三年后,终于身心疲惫,带着一身的痛回国了。看到家乡虽然国破山河在,但是一片萧条,老百姓被压榨后渴望复国的眼神,自己内心报仇的欲望,将士们的雄心壮志等,深深地刺痛了他们的每一处神经,这一切迫使勾践和雅鱼夫人重新振作起来。他们认为,只有国富民强,才能摆脱吴国的欺凌,因此全心全力投入复国的宏伟目标中。雅鱼夫人利用她的韧劲,默默地协助越王勾践奋发图强,自力更生。她和越王一起身着粗布麻衣,顿顿粝食,跟百姓一起耕田播种,发展农副产业。勾践和雅鱼还带领百姓、士兵在山上开山种桑树,从勾无亭下面开垦出百亩桑园。

勾践和夫人雅鱼之所以放下高贵身份,和

◀农家桑园

第四部分 风物文化

老百姓打成一片,共同努力发展生产,这要从公元前497年勾践继位说起。越王姒允常,也就是雅鱼的公公,为了扩大版图,建立越国王都,东征西讨,因过于呕心沥血,不久罹患重病,在诸暨勾嵊山而亡,勾践临危继位,自然而然,贤良淑德的雅鱼夫人被尊为王后。勾践继位后,因为野心勃勃,以及自高自大,自不量力,没有做到知彼知己,通晓双方军情,在粮饷、兵马等不足的情况下,不听范蠡大夫、文种公的劝告,擅自出兵征讨吴国,在吴越"夫椒"之战中大败而归,导致兵败如山倒,整个国家岌岌可危。越王不得已听从范蠡大夫的建议,入吴为奴,在风雨飘摇中残存,以待时机,反败为胜。

在危难关头,雅鱼挺身而出,追随丈夫为奴,一下子从王后的高贵身份,沦落为奴婢,而且在吴国遭受了生活、身心等等方面不能言语的苦难,还要忍受被晋国使者当着越王勾践的面玷污的屈辱。雅鱼本可以一死明志,一了百了,但是本着对丈夫、国家的一腔爱,对丈夫始终不离不弃,共患难,共进退,忍辱负重,鼓励着丈夫含垢忍辱,绝地逢生。

从吴国回来后,雅鱼放下王后身架,绾起圆髻,带领妇女上山采桑,养蚕纺纱织布,发展生产。织出彩锦布匹,做出华服、丝衣,进贡吴国,换取越国家乡的片刻宁静。那时,丝绸买卖成为越国的主要经济来源之一。

勾践为了发展越国经济,和夫人雅鱼一起大力推进农业生产,在全国山区开展种桑养蚕,生产的布匹、华服,通过买卖流通充实国库;同时在勾嵊山开展"护桑"活动,在"摇石头"下又开垦出百亩桑园,因为是在原来桑园的下方,为了区别位置,百姓就叫它"下桑园"和"上桑园"。当时,勾嵊山半山腰一片翠绿,无边的绿浪在微风中起伏连绵,人们在桑园间穿梭、劳动,可以听见妇女、儿童们久违的笑声,这给当时的越国带来了新的希望和新的生产原动力。

而且每年春节蚕花还没有出幼前,雅鱼都要带着妇女、儿童,来到上、

勾嵊山传奇

下桑园之间的夹道上，筑香台，焚香祭祀上苍，虔诚地祈求越国天下太平，风调雨顺；又祈求上苍，丈夫越王勾践能终成夙愿，完成复国、强国之实。每当此时，越王勾践和雅鱼夫人都要亲临现场，亲手准备祭祀用品，同时带领妇女、儿童，虔诚祭拜。因此，每年的蚕花节与天子苑祭拜太阳神一样隆重，一样气势磅礴。

从那以后，蚕花年年丰收，雅鱼带领大家，织出了大量的彩锦和布匹，其中华服彩锦作为贡品，睦邻友好楚国，讨好吴王夫差；大量布匹充实后勤，增加老百姓的御寒能力，让军队的士兵，让越国老百姓在冬天不至于挨冻，有更多的精力恢复生产，秣马厉兵。就这样，越国的国力越来越强大。

但是，传说勾践是一个"长颈鸟喙"，是只能共患难，难以共享受的人。越王勾践称霸成功后，以为自己高高在上，万人敬仰，越来越对他在吴国受辱的事件耿耿于怀，对范蠡、文种、雅鱼等知内情的人心生愜意，生怕他们骨子里看不起自己，于是百般刁难，最终导致范蠡出走，文种自杀身亡。

雅鱼在勾践称霸后，慢慢看到勾践的冷漠，以及对自己的忽视，料到自己也将和其他功臣一样不能苟活于世，选择了自杀身亡，保存越王勾践的颜面。就这样，一代贤后香消玉殒了。但是雅鱼的"上桑园"和"下桑园"依然苍翠欲滴，年年蚕桑大丰收，紫黑色的桑葚年年挂满树枝。优质的蚕丝，甜津津的桑葚，闻名乡里，造就了江南蚕桑基地的美誉。而上、下桑园的地名也随着时代的洪流流传到如今。

雅鱼死后，后人为了纪念她，把雅鱼誉为"蚕花娘娘"，在诸暨勾嵊山，建立了一个蚕花娘娘庙，每年春来之际，当地人虔诚地祭拜她，保佑一方蚕桑丰收。从此，祭奠蚕花娘娘——雅鱼王后的活动一代代传承下来，成了诸暨本土的风俗。

第四部分 风物文化

西施与范蠡

陈泓亘

西施与范蠡,一个是苎萝山浣纱少女,一个是越国大夫,就因为越王勾践为了复国需要,通过送美女给吴王夫差,成为后世传颂的计策,这样就把他俩紧密地联系在了一起。

相传为复国计,范蠡和文种利用吴王夫差好美色的弱点,商议向越王

▼西施塑像

勾嵊山传奇

▲勾嵊山山庄 范蠡供像

勾践"献美女计",得到越王勾践的首肯。

所谓"美女计",就是"遣美女以惑其心,而乱其谋"。勾践命文种、范蠡在全国范围内寻找美人,送给夫差,表面上以表诚意,实际上以此蒙蔽吴王,使其沉湎美色。

负责国家管理的大夫文种,一个号令下去,各地就送来了一批美女,为了让美女们有安身之地,越王勾践在勾嵊山旧城的基础上扩充了都城,在上城区搭建歌舞台和住所,供美女们使用。

文种在这批年轻少女中,选了五六个容貌姣好的女子,通过一周的简单培训，亲自护送到了吴国。

大夫文种和吴国太宰伯嚭都是楚国人，私交关系很好，文种带着美女来到太宰府，想通过伯嚭关系送给吴王夫差。伯嚭对美女进行了一一审核，结果一个都不合格。

伯嚭严肃地对文种说："都说越国江南女子，聪明伶俐，亭亭玉立，婀娜多姿，这些越女跟想象差距实在太远了，估计吴王一个都不会看上的。"

文种笑嘻嘻地说："太宰的眼光也太高了吧，这都是我们越国精挑细选出来的一等美女。如果吴王真的看不上眼，就留在您府上吧。"

文种回国后向勾践做了回报，勾践说："你管事也太忙了，找美女的事就交给范蠡去办吧。"

刚好范蠡来向勾践汇报工作，一进门勾践就说："范大夫，来得正好，文种去吴国送美女的事，你知道了吧？以后找美女的事就交给你来办。找上来的美女，一定要容貌出众，并进行专业培训，教以歌舞，习以礼仪，通过全能考核合格的才可以送出去，一定要让吴王一见倾心。"

范蠡对勾践说："真正的美人必须具备三个条件：一是美貌，二是善歌舞，三是体态。"

勾践说："好，就按你说的标准办。"

为了完成越王下达的寻找美女的任务，大夫范蠡周游越国，遍访佳人。一日上午，范蠡行走在浣纱江畔，见江面上升起了薄纱般的晨雾。透过这层雾纱，能看到清清的江水在缓缓地流淌，这时候的浣纱江，似乎还沉浸在睡梦中。范蠡见清清浣纱江边，有个身穿白裙的少女在浣纱，只见那女子长得天生丽质、秀媚出众，十分漂亮，不觉让他动了心。范蠡以王令为由，在苎萝山下将西施、郑旦二人带入城中，交与美女培训处。

范蠡觉得西施只具备了美女中的第一个条件，还缺乏其他两个条件。

于是，范蠡花了三年时间，教以歌舞、步履、礼仪。

一天，范蠡和文种检查了美女们的生活区，看到美女穿的都是自己家里带来的衣服，参差不齐，吃的伙食也很普通，年轻的美女们脸色看上去不够红润。这些十四五岁的美女都是长身体的时候，排练歌舞可是件费力事。为了给美女们穿上漂亮衣服，越王不惜动用献给吴王夫差的贡品——黄葛布匹，给美女们量身定做衣服和裙子。为了给美女们改善伙食和生活，勾践绞尽脑汁，可是王宫也没有多少钱可用呀。

过了一段时间，范蠡和文种再次来看美女排戏，当范蠡看到西施身着黄葛舞装，淡扫蛾眉亮相的动作时，二人的目光一对，瞬间擦出了爱恋的火花。范蠡不禁一呆，被化了淡妆的西施迷住了。文种看到范蠡这种痴情的眼神，就拍拍他的肩膀说："范大夫，西施美女漂亮吧，这可是你自己选送上来的。"

范蠡不觉一惊，忙说："我想到了一个可以为美女们改善生活的好办法。"

"哦！"文种微微一笑。

当下正是越国大兴种桑养蚕的季节，范蠡告诉培训处，在培训处的空屋里增加养蚕工具，让美女们调整授课时间，采用半课、半劳动的作息时间制。在养蚕后，同时开展纺纱、织布，以此来增加收入，改善生活伙食。

西施本来就对范蠡让她做歌舞女，心中不快，就公开批评范蠡增加她们的工作量。范蠡知道后，找西施谈心，说他两次来歌舞班视察，发现经费不足，使她们生活困难，吃不好，穿不好。眼下越国又是经济困难时期，他想让她们通过自己养蚕、纺纱的劳动增加收入，而所得钱都给她们歌舞班做专项经费，增加她们生活开支。范蠡一席话，西施方知原来都是为了改善她们生活，差点冤枉了范大夫，连声表示歉意。

西施见范大夫平易近人，身上散发出一种成熟的魅力，尤其是一些内在的气质，深深地吸引着她。西施对着范蠡嫣然一笑地说："真没想到范大夫不但是个军事家，还是个大商人。"

于是西施将此事告诉了姐妹们，大家都表示要努力学习工作。

有了钱，美女们的生活有了大大改善。天天有鱼、有肉吃了，脸色红润，更加漂亮了。范蠡还为她们买来了漂亮的衣服和多种多样美丽的首饰，让美女们更加美丽动人。

一天上午，范蠡来歌舞处想看看西施，不料西施不在，一问原来西施喉咙痛在休息，他马上叫宫医熬了一碗清热解毒的草药，亲自给西施送过去，这让西施喜出望外，更加深了她对范蠡的爱慕之情。

三年来，范蠡经常来找西施谈心，谈国事，谈家事，事事合意。西施觉得范蠡才智卓越、俊逸超群、处事不惊，能够给自己足够多的安全感，于是对他产生了浓厚感情。两颗心越走越近，从此，爱之深切，就有了相约到永远的决心。

不料，越都出西施美女的消息传到吴王夫差的耳朵里，于是夫差要勾践把西施献入吴宫。

伍子胥听说后，找到吴王夫差，坚决反对西施入吴，认为这是越国的美人计，这样会误国的，但遭到了吴王夫差的严厉训斥。

消息传来，范蠡告诉西施，西施忍不住抱住范蠡而泣。然而国难当头，范蠡作为一个政治家、军事家，深感自己责任重大，只好忍痛割爱。临别，西施让范蠡一定要帮助越王早日复国，接她归来，和他归隐山林，西施还要求范蠡转告大王，强国爱民，早日复国。

公元前490年，勾践将西施、郑旦等美女献于吴王。为了防患于未然，越王勾践让范蠡亲自护送西施等美女去吴国。

到了太宰府，伯嚭见到美女后，称范蠡送的美女太漂亮，并邀请吴王夫差来他府上看美女歌舞表演，特别是最后的一场压轴戏——"西施木屐舞"。西施以惊世之貌、优美的舞姿，摄魂九转，夫差一见，果然大喜，宠爱无比，当晚便将西施带回了宫里。

吴王夫差见到西施后大悦，筑姑苏台，建馆娃宫，置西施、郑旦于椒花之房，朝拥夕陪。每日歌舞升平，沉溺酒色，荒于国政，对能歌善舞、风华绝代的西施深爱至骨，从而对越国放松警惕。而吴王对外又不断扩张地盘争霸，导致国力空虚，百姓怨声载道，民不聊生。

越国有了西施的内助，又通过贿赂吴臣伯嚭，夫差听信了吴臣伯嚭的话，又把经常反对西施入宫、说美女误国的伍子胥给杀了。就这样，越王勾践有了更多复国机会，在暗暗地做着复仇的各种准备。

最终，越国"十年生聚，十年教训"，国富兵强。而吴国却在君王历年争霸、国力空虚等现状中，逐步走向衰弱。

公元前473年，勾践和范蠡挥师北上，被围困在圣胥山的夫差走投无路，挥剑自刎。

吴城攻破后，范蠡亲自带兵冲进吴王宫，带着西施通过暗道从水路出了城。范蠡不再留恋荣华富贵，辞别勾践而去。至陶（山东），成为巨富，自号陶朱公。民众皆尊陶朱公为财神，乃中国道德经商——商人之鼻祖。

相传，"西施亡吴国后，复归范蠡，同泛五湖而去"。

第四部分 风物文化

杨梅果

汤玉兰

◀ 传统小吃 杨梅果

相传,越国经过前期的细致准备,通过对西施和其他美女们三年的培训教育,终于可以送西施一行到吴国去领命了。临行前,西施父母特地在半路上等待着女儿的到来,一把眼泪,一把辛酸地和宝贝女儿匆匆话别。临走前,西施的父母在西施的嫁妆箱笼里,放上了用细葛藤作为支架编成的一只半圆形的篮子,然后用粗细均匀的麻线有规则地编织成里外两层软垫,乍一看,像一个精致的"鸡窝",同时,里面放上了八个红色的、如鸡蛋大小的"杨梅果",最后用红色的丝绵盖住,双手奉送给西施。当时,范蠡他们看见这个特殊的"嫁妆",从外貌、价值、内涵上都和西施姑娘出师吴国不相称,担心到了吴国后,会出现不必要的麻烦,因此范大夫当即决定,一定要退回西施父母的这份贺礼。此时,西施父母跪了下来,泪流满面,哀切切地说:"范大夫,女儿替国远嫁,凶多吉少,天下有哪一个父母舍得,我们只是希望女儿今后的日子,不求荣华富贵,只求能够平平安安。"

范蠡敬重西施父母,听了这话,一阵心酸,想想西施此去的目的,终于缄口,连忙吩咐左右,带着这份"贺礼"启程。

原来很久以前,会稽山一带有一个风俗,男女双方订婚的日子取决于女方的同意,所以要诚心去下聘,等待女方的应诺;结婚应该按照男方的意见,择一个黄道吉日,热热闹闹办一场婚礼。然而因为日子是男方请人去选择的,从利益偏重方面来说,结婚好日子吉时的吉,更多偏向于男方,因此,女方在木已成舟的情况下,不得不顺从。但作为父母,爱女之心永远是深切的,为了趋利避弱,在嫁妆箱里放上一个"鸡窝",再放上八个红色的杨梅果。杨梅果犹如鸡蛋大小,外层仿佛垒上去的一粒粒红米,红莹莹的,晶莹剔透,意在镇邪避恶,预祝女儿的后半生顺顺当当。不过,也可以这样说,母凭子贵,结婚后新娘子"早生贵子",有了一群儿女,就相当于有了依靠,生命就有了价值,在家族中的地位自然而然就升高了。

紧接着,西施一路来到吴国,吴国群臣对西施褒贬不一,却对这个特殊的"鸡窝"贺品非常感兴趣,也成了大家饭后猜测的聊资。人们对那个硬邦邦的杨梅果猜测不已。有人以为是美食,有人以为是越国人祸害吴王的毒药,各执己见,不久这些争论话题就传到了吴王耳朵里,吴王忍不住问西施:"爱妃,为什么你的嫁妆里有一个漂亮的麻线窝,而且里面有八个红色的饭团,你们江南这个风俗到底是为了什么呀?"

西施一个激灵,心中一怔,马上回过神急辩道:"大王,这是我父母临出嫁前,特地从家乡勾嵊山送来的礼物,你知道吗?这个小小的物件,倾注了父母多少心血,单单打这个'鸡窝',花了他们整整一个月的时间,他们希望我能够'出嫁从夫,相夫教子,为大王,像母鸡一样生一窝小王子'。"夫差非常欣喜,连忙说:"真是一个实诚的姑娘,你有真心实意的父母,是前世修来的福分,你愿为我吴国开枝散叶,我万分荣幸,美人。"从此以后,夫差对西施更加爱宠。

显然,"出嫁放杨梅果"这个风俗沿袭到如今,有许多嫁女儿的人家,都喜欢放上几个杨梅果,驱邪避恶,保佑女儿在夫家能够称心如意。随着大家经济条件的好转,这杨梅果变成了糯米粉团,里面放上了豆沙馅,外面垒上红色的米饭,其色泽漂亮,而且被搬上了餐桌。然而,过去红色饭粒差不多都是用"红绿染料"染上去的,有毒,一般不能食用。但个别的也在食用,但必须去掉红色的饭粒。

如今这个中看不中吃的"杨梅果",因其色泽漂亮,作为承载着许多人梦中美食标配的样本,得到了大家的挖掘、改进、传承,饭粒的红色改之于用现代的食用色素。这样做出来的"杨梅果",色彩艳丽,好吃又好看,且故事也耐人寻味。同时,因为它是美食,凭着它的色彩和美味,成了人们餐桌的新宠,作为饭后副食,得到大家的喜爱,同样也成为安华的特色小吃。

勾嵊山传奇

范蠡与益母草

陈　灏

会稽山麓野生益母草很多，至今诸暨勾嵊山附近村民还在种植。传说益母草的来历却和范蠡有关。

公元前494年，越王勾践、王后雅鱼和随从范蠡入吴为奴，受尽欺凌。有一种治疗妇女疾病的草药，被吴宫御医说成仙草戏弄范蠡。

入吴期间，那年六月，越王后雅鱼得了妇科病，日益严重，范蠡请求

▲范蠡祠范蠡塑像

第四部分　风物文化

夫差派医治疗，吴宫御医看不起勾践夫妇，拖着时间迟迟不肯出诊。从早上一直拖到傍晚才来看病，按了下脉，简单地问了一些病症状况，让范蠡明天晌午去药房拿药，态度十分傲慢。

第二天一早，范蠡发现这位御医背了一个药筐出了宫门，于是悄悄地跟踪看他采什么药。为了不被他发现，范蠡看看侧面有一棵百年大树就偷偷跑过去躲在大树后面察看。

见御医来到宫外，走了100多米路，来到路边一个小山坡，拔了一种带紫色小花的草药，然后就回宫去了。

范蠡赶紧跑过去，发现被拔过草药的地方有几个小凹陷，边上还有几棵短小开着紫色的小花草。范蠡不知道它叫什么名。

晌午时分，范蠡来到吴宫药房拿药，只见有一小瓦罐药放在桌子上，带有紫色小花的草药渣丢在边上。

吃了两天药，雅鱼病情有了好转。范蠡想弄清楚这是什么药，第三次

▲浦阳江边野生益母草

勾嵊山传奇

▲勾乘村村民益母草种植基地

去吴宫里取药时,范蠡见到这个御医,便趁机请教草药的药名。这可是御医的忌讳,让人知道药名那神秘感就没有了,那御医一脸神气地对他说:"叫仙草。"

"仙草?"范蠡不解地自言自语道。

几天后,勾践夫人雅鱼的病好了,时间一长,范蠡也忘记了这档事。

入吴三年后,范蠡随勾践夫妇回到越国故都——勾嵊山。勾践听取范蠡发展农桑树,增殖人口,减缓刑罚,轻徭薄赋,强国富民之策。范蠡暗地里负责训练兵马,还常常下村进户关心百姓生活。

六月的一天,范蠡冒着炎热来到勾嵊山下的一个村庄,听到有一个孩子哭哭啼啼声,于是进去询问。

进门一看,外屋一个小女孩在哭泣,农夫也在抹泪。那农夫一见范蠡上门来,很惊讶,急忙施礼道:"家门不幸,拙妻刚生下小孩不久,下身不净,快不行了,让范大夫见笑了。"

"为什么不请郎中？"范蠡关切地问道。

"范大夫，家里都快断粮了，哪有钱请郎中？"

范蠡马上从口袋里拿出仅有的十多个铜钱，交给他说："郎中我来找，你先去买点粮食来，别让孩子饿着。"

那农夫推辞说："范大夫，我们就是饿死也不敢要你的钱呀。"

范蠡像下命令似的对农夫说："你马上去买粮食来，我去找郎中。"铜钱往桌子一放，转身离去。

范蠡急忙去山中找兵营里的郎中。到了山上，不巧郎中上山采药去了，这让他心急如焚。

远处一片三尺高的紫色小花草随风飘动，映入他的眼帘。范蠡突然想起这和在吴国为王后治病的吴宫御医说的仙草相似，马上跑过去看，一看完全是这个"仙草"。真是踏破铁鞋无觅处，得来全不费工夫。

救人要紧，范蠡急忙采了"仙草"奔下山去。

跑到山下，看到那农夫也买粮食回来了。范蠡满头大汗地把草药交给农夫让他马上剪成小段放进药罐里去熬药，嘱咐说半个时辰后便可服药。

几天后的一个上午，范蠡再次来到该农夫家，农妇病好多了，农夫一家十分感激，一定要留范蠡在家吃中饭，小女孩高兴地对范蠡说："范叔叔，感谢您救了我妈妈，这草药很漂亮，不知叫什么名字？"

范蠡心想叫仙草肯定不对，灵机一动就说："这草药救了你母亲，就叫益母草吧。"

"益母草"能治妇女病的消息，很快传遍了十里八村。很多妇女病得到了根治，越国人口得到快速发展。

"益母草"从吴国御医口里的"仙草"，从此走进平民百姓家。范蠡号召越农种植"益母草"等中草药，并把这草药集中起来卖到了大江南北，不少农户因种草药致富。

据《本草纲目》记载：益母草之根、茎、花、叶、实，并皆入药，可同用。若治手、足厥阴血分风热，明目益精，调女人经脉，则单用茺蔚子为良。若治肿毒疮疡，消水行血，妇人胎产诸病，则宜并用为良。盖其根、茎、花、叶专于行，而子则行中有补故也。

至今，会稽山麓的山坡、路边，仍可以看到益母草的美景，诸暨勾嵊山农田仍有大片益母草种植。

第四部分 风物文化

安华鱼面

陈炯利

诸暨美食历史悠久，尤其面食众多，如次坞打面、草塔弹面、马剑索面、安华鱼面。安华鱼面是一种传奇的美食，传说为勾践夫人雅鱼所创，并且有一个鲜为人知的故事。

相传雅鱼是勾嵊山一个鱼商的女儿，容貌出众，知书达理，温柔贤淑，深明大义，和越国大

◀传统小吃 安华鱼面

将军灵姑浮的妻子私下交好，以姐妹相称。勾践还是太子的时候，一日来到大将军灵姑浮家，见到了素雅淡妆的雅鱼，被她的美丽容貌深深吸引。后经大将军石买做媒，雅鱼成为太子妃，勾践登基后封为王后。

公元前494年，吴越发生了大战，最后越国战败，雅鱼陪同勾践入吴为奴。在这期间雅鱼一直陪在越王勾践的身边忍辱负重，安慰他，劝告他，让勾践能够坚持着完成复仇雪耻的重任。

三年后，勾践一行被吴王放回。到勾嵊山后，雅鱼帮助越王勾践壮大越国的实力。在这十多年里，她遵照勾践的国策，积极动员国内妇女，上

勾嵊山传奇

山采集葛藤，制出黄葛细布；发动妇女种桑养蚕，织出布匹，送给吴国作为贡品，换取吴国的信任，使勾践一次次地获得了吴王的封地，从而扩大了勾践的活动根据地，为屯兵复国打下了基础。

▲ 新鲜草鱼肉

一年春天，雅鱼和妇女们一起织布，一位妇女送了一条墨鱼给她，并告诉她，据郎中讲，这墨鱼的营养价值极高，适合于身体虚弱、脾胃气虚、营养不良、贫血之人食用。

她心里却想着大王勾践早出晚归，人都消瘦了一圈。看着这条墨鱼，心里准备给大王做一个鱼的美食。因为勾践长年累月在外奔波，三餐不均，导致肠胃不太好，而大王又喜欢吃面食。于是雅鱼打算为大王做一碗可口美味的鱼面。

雅鱼是鱼商的女儿，烧鱼对她来说是拿手的厨艺，于是她别出心裁地打算去烧一碗用鱼肉做的面，让勾践好好地补一补。

傍晚时分，雅鱼估计大王快回家了，她把一条二尺长的鲜活墨鱼，剖好、去鳞、剔去骨、切去头尾，然后把鱼肉切成寸宽的鱼条，放在砧板上反复地剁，直至剁成黏稠状。然后在砧板上撒一些面粉，把鱼肉摊在粉上面，再把少许食盐撒入鱼肉里，面粉散落在鱼肉上，边擀边用擀面杖将鱼肉面团卷起来，撒一层面粉又展开，擀成一张大小如团扇、薄似纸张的圆形鱼面坯子饼，直到不粘为止。再用刀切成细细面条一般，放入烧沸的热水中煮一下，再捞起来用冷水过一下，放入大碗里备用。

待锅里烧的鱼头、鱼尾和鱼骨汤已煮出白色，鱼汤散发出阵阵香味时，再放入鱼肉做的面条，一碗色香味俱全的鱼面出锅了。

"这么香呀！"勾践还未进门就闻到了香味，于是在门口兴奋地喊了出来。

"大王来了，刚刚做好，您尝尝是什么味道。"雅鱼满脸笑容地将一碗热气腾腾的面捧到勾践面前说。

勾践一看："不就是碗面吗？"于是他品尝了一下，感觉鲜香味美、爽滑不腻。"太好吃了，这是什么面呀？"勾践边吃边问。

雅鱼见大王吃得如此开心，就说道："是面呀，不过叫鱼面。"

"哦！难怪这么鲜嫩。想不到王后有如此手艺，做出这么好吃的美食，应该让大家都尝尝。"

第二天勾践让御膳房做鱼面，御厨从没听说过鱼面，不知该怎么做。于是勾践让御厨问王后，因为他也不知道鱼面是怎么做出来的。

御厨特地跑去请教王后鱼面的做法，雅鱼心想墨鱼小而贵，不宜御厨大量地做，于是灵机一动，就告诉御厨："大草鱼煮沸，剔头、剔尾、剔鱼骨，再配汤料、去腥味，下干面就是了。"

御厨喜出望外，第二天一早，御膳房里一碗碗热气腾腾的鱼面，香溢膳堂。大家都吃到美味的鱼面。有人问御厨这面叫什么，御厨本想说叫"雅鱼面"，可王后名字也要忌讳的，所以就说叫鱼面。并对雅鱼发明的鱼面，归结为四个字：软、滑、鲜、爽。

如今的安华鱼面独特之处，取料讲究、爽滑可口、柔韧适中、烹调简便，既是美食，又是传统。据厨师讲，鱼面最重要的是鱼，新鲜肥美的大草鱼活杀、剔骨烹饪，剩下最嫩的鱼肚部分的鱼肉滤起后，落油锅煎炒，与金针菇、黑木耳等配料翻炒，然后和面条一起煮透，最后放一点醋除腥。喝一口汤，吃一口面，感觉鱼肉鲜嫩、面条爽滑，真是一碗人间美味。

安华鱼面千年流传下来，久负盛名而不衰，究其原因，鱼面的主料草鱼，首先含有丰富的不饱和脂肪酸，对血液循环有利，是心血管病人的良好食物。其次含有丰富的硒元素，经常食用有抗衰老、养颜的功效，而且对肿瘤也有一定的防治作用。最后对身体瘦弱、食欲不振的人来说，草鱼肉嫩而不腻，可以开胃、滋补。

安华鱼面既具有营养价值，又可防病治病、强身健体、延年益寿，因此，是一种兼有药物功效和食品美味的特殊膳食。它可以使食用者得到美食享受，同时，使身体得到滋补，疾病得到治疗。这也是其流传千年的原因之一。

第四部分　风物文化

安华土馄饨

黄春华

诸暨美食风味独特，千年流传。馄饨是大江南北最流行的美食之一。它的由来有很多传说。馄饨名号繁多，各地有各地的称呼，江浙等大多数地方称馄饨，而广东则称云吞，湖北称包面，江西称清汤，四川称抄手，新疆称曲曲等，这些都是馄饨的名称。

▲传统小吃土馄饨

馄饨烧做方法一般有四种：煮、蒸、煎、炒。而安华土馄饨是蒸后再炒，吃来别有一番风味。

安华土馄饨在诸暨民间流传了2500年，形成一种特色地方小吃。相传，在春秋战国时期，越王勾践被吴王夫差打败，入吴三年为奴。获释回国后，勾践忍辱负重，立志发愤图强以报仇雪恨，但是他又怕自己过着舒适的生活，忘记了之前所受的屈辱，消磨了他报仇雪恨的斗志。于是晚上就枕着兵器，在草席上入睡，床前挂着一个苦胆，每天起来尝一下。这就是人们常说的"卧薪尝胆"。

勾践派文种管理国家政事，范蠡管理国家军事，自己亲自上山下田干活儿，妻子也纺纱织布，日复一日，越王勾践的诚心感动了越国上上下下的子民。

吴王夫差打败越国，生俘越王勾践，得到许多金银财宝，后来还得到了绝代美女西施。从此，夫差整天得意忘形，沉湎歌舞酒色之中，不能自拔，荒废国事。不但多次封地给勾践，而且对越国也越来越信任了。勾践见报仇时机已成熟，便要求范蠡在会稽山秘密屯兵训练，而他自己也是不分昼夜到处督察。

一年冬至的傍晚，夫人雅鱼心想勾践该回家了，想到大王天天早出晚归，如此下去身体如何吃得消，于是想给他做点美食。雅鱼发现伙房里面有现存的萝卜、豆腐、猪腿肉和少量的面粉，就将面粉擀了十几个皮子，并把萝卜、豆腐和猪腿肉各取一些，搅拌在一起做馅，然后把馅包进皮子里，包子在手中慢慢转着，雅鱼心里想着勾践，天冷了头上应该戴个帽子防寒。想到这里，不由得将手中的包子做成了帽子的形状，由于皮子厚，怕水煮不熟，就用蒸笼蒸，包子熟了，可是左等右等勾践还没有回来。为了节省柴火，雅鱼退了柴，没了热气，包子很快就凉了。雅鱼就把它放进了床头边上的吊篮子里，等勾践回来吃。

一直到了半夜勾践才回家。来到床前，勾践习惯性地把手伸进了吊篮子，顺手将篮里的面食拿出，感觉不像苦胆了，雅鱼听到声响就醒了，勾践问："这是什么？"雅鱼看到大王灰头土脸的样子，手里还拿着她做的面食，浑浑噩噩，真是混沌不开，见大王问，就顺口说了："土馄饨，不过已冷了不好吃，我去热一下再吃吧。"不一会儿，热气腾腾、亮晶晶、香味扑鼻的土馄饨端了上来。勾践一看这个"土馄饨"油光发亮，外形像军士帽子很好看，还舍不得吃，看了又看，最后咬了一口，很有鲜味，就说："这土馄饨爽滑酥嫩、口感饱满，真好吃。明天叫伙房多做一些，让士兵们看到自己的帽子也是一道美味点心。"从此，这种点心便以"土馄饨"

为名，流传开来。

　　每年冬至过后，天气冷了，安华农家有空时就做一些土馄饨，蒸好一大篮挂着，有客人来了，抓上几把，加配料炒一下热了就可以吃，既方便又好吃，于是一直流传下来，慢慢地成了一道简单又有特色的农家美食。

　　不过安华土馄饨的馅也是最有讲究的。首先取新鲜的冬季萝卜和盐卤豆腐，加上猪的前腿肉为原料，配上盐、葱、姜、香油等；另外肉一定要手工剁的，顺方向搅拌，吃起来有嚼劲；皮子取头等麦粉，这样做出来的土馄饨才是地道的安华土馄饨。

勾嵊山传奇

安华牛淘汤

陈　灏

◀ 牛淘汤配料

诸暨的饮食文化底蕴深厚，众多饮食经千年不衰，北有次坞打面，南有安华牛汤。传说其和两位帝王有关。

相传次坞打面因朱元璋吃后，称赞其"百吃不厌"从而流传至今。而安华牛淘汤就是诸暨特色的牛杂煲、牛汤。安华牛淘汤历来有之，享有盛名，百食不厌，吃过的人念念不忘，更是诸暨人心目中不可缺少的美食。

安华牛淘汤，起于何年何月尚无文献记载，只是口头相传。如此神秘，相传是和勾践有关。

公元前494年，勾践兵败退之勾嵊山，山下被吴兵团团包围，被吴兵追了一天一夜的越兵，人乏腹空，要想突破重围，犒劳将士成为当下最紧急的事。随勾践、范蠡一起的几百亲兵，抓到了几头黄牛，伙头军们正在割肉断骨，勾践看到后，就吩咐伙夫说："时间不多，你就将牛肉、牛血、牛心等都一起下锅煮吧！"

伙夫一想天下哪有这个烧法的，但嘴上还是说："是，大王，我这就将牛杂一起下锅煮汤。"

干柴烈火，不到半个时辰，牛汤就煮好了，伙夫一尝，惊喜万分，味道真是太鲜美了，既解渴又暖胃，便赶紧送上一碗给越王勾践说："大王，这是天下最好吃的牛汤了。"将士们吃饱喝足了，个个精神倍增，在勾践的带领下跃马挥剑，突破勾嵊山吴兵的重围，向会稽山深处撤退。

公元前494年，勾践因兵败，被迫向吴国求和，入吴为奴。三年后被释放回国，时刻不忘受辱的情景。勾践在自己的屋里挂了一只苦胆，每天都要尝尝苦味，提醒自己：不能忘记在吴国所受的苦难和耻辱。勾践卧薪尝胆与百姓同甘共苦的事迹，激励了全国国民上下齐心努力，奋发图强，争取早日灭吴雪耻。

同时，勾践采纳范蠡、文种两位大臣建议，贿赂吴王，麻痹对方；收购吴国粮食，使之粮库空虚；赠送木料，耗费吴国人力物力，兴建宫殿；散布谣言，离间吴国君臣；施用美人计，使其沉迷财色，"不问政事"。

勾践暗中在会稽山多处培训精兵，这是一个军事机密，举事前从不泄露。其中，勾嵊山3000名精兵就是最早组织的"敢死队"，成就了"三千越甲可吞吴"的佳话。

那年秋冬季节，天气开始转凉，早晚温差拉大，勾践关心他驻屯勾嵊山精兵们的身体情况，就从"天子苑"来到"敢死尖"（练兵场所）视察，发现士兵们吃的粗粮淡菜，衣服不厚。阴雨天气，山风吹来还真有一丝寒意。他立马想到了当年从勾嵊山吃牛汤，带领将士们突围的往事。想到这里，似乎身上有了热乎乎的感觉。

他马上叫来范蠡，吩咐下去，改善生活，将士们每周给吃一次牛汤，驱寒健身。规定此事是军内秘密，不得外传，以防吴国知道。

10年来，越王勾践通过一系列促进越国人口增加、发展生产与提升军

勾嵊山传奇

▲优质黄牛

队战斗力的措施，使越国国富兵强，具备了伐吴复仇的能力。

公元前478年，勾践率领大军攻打吴国，在笠泽大败吴军，吴国自此一蹶不振。后来于公元前473年，越兵攻入吴都，吴国灭亡。消息传到安华勾嵊山，当地百姓杀牛煮汤，全民共享美食。从此，安华牛汤从军营走向民间，一直流传下来。

随着年代的演变，安华牛汤有多种叫法，如安华牛杂煲、安华牛淘汤等。

现在安华牛淘汤能够享誉诸暨、义乌、浦江三县（市）不是没有理由的。首先选料十分讲究，用料以黄牛最佳，水牛次之；老牛最佳，仔牛次之；黄草牛最佳，青草牛次之。安华的店家们恪守传统，一律以自宰的新鲜黄牛骨头下锅煮汤。

安华方言有云："霜冻格格，牛汤呷呷！"如今在安华，一到深秋，牛淘汤的生意便立马兴隆起来。

当你路过安华牛淘汤店,闻香止步。店内骨头汤在陶镬中沸腾,红辣椒在汤上飘香,杂碎、牛血随时配放。呷上几口额头便冒汗,吃一碗就牛气十足,驱走了一身寒气!

时光荏苒,一晃 2500 多年过去了,勾嵊山的吴越硝烟早已消逝,但安华牛淘汤,美味如故。

| 勾嵊山传奇

西施木屐舞

顾春芳

范蠡将西施、郑旦等越国美女带到越都,勾践惊诧于西施、郑旦的美貌,心中有许多不舍,但是一想到吴国的石室之耻,家国之辱,不得已只能应允文种的"美人计"。但是宫人却认为西施单有倾城之美貌,还须有万千袅娜之仪态,更要有过人魅惑本领,才能俘获吴王夫差的心,才能得宠有话语权。

就这样,几个美丽的姑娘就被带到会稽县东南六里的土城山,专心学习吴国的礼仪,学习舞蹈。越人多在水上生活,擅长水上舞蹈。《古越风荷》便是江南的特色水袖舞,利用长袖翻飞,轻纱朦胧,衣裙翩翩,突出了舞者的神秘、美丽。同时一曲《古越风荷》的配乐,撩拨起姑娘们多少思乡情怀,音乐袅袅,歌词时而哀怨,时而铿锵,把舞蹈的魅力渲染得恰到好处,使看者如痴如醉。

范蠡看了舞蹈后,觉得舞者还需要把舞蹈的新奇、独一无二展示出来。一天傍晚,范蠡绞尽脑汁想不出更好的计策,一个人在庭院的大树下沉思,随手摘下几片树叶,把它随风抛出去。刚好此时,西施穿着家乡的木嘀跶,腰上挂着两只响铃,飞快地走过来,人走铃动,发出清脆的叮当声,和西施的木嘀跶声音融合在一起,好像舞蹈的旋律一样,特别有感染力。范蠡一把拿起西施的木嘀跶,发现这是一双用木头做的拖鞋,上面用两根短短的葛藤交叉扣在木板上,牢固而且便于行动。范蠡一下子找到了灵感,创

第四部分 风物文化

作出了一曲《响屐舞》,从那以后,整个土城山,热闹非凡,叮当声不绝于耳。

通过三年的学习,姑娘们终于圆满完成任务。当时,西施一行来到崇福地域,那正是吴越交界之地,过了这里就要进入吴国了。为此,护送西施的范蠡决定让西施她们在此停留几天,一方面休息,另一方面再复练一下歌舞及礼仪。她们就开始练习歌舞,引来了不少观看的民众。在悠扬的乐曲中,西施翩跹起舞,婀娜迷人,尤其那《响屐舞》最为引人注目。响铃的零零声和木嘀跺的拍子声,配以荷花仙子的造型舞蹈,犹如仙女下凡,美到极点。夫差早就知道,江南有西施美女,能歌又善舞,仿佛那天上的尤物也,具有沉鱼之容,是他梦中的美娇娘。

到了吴宫以后,范蠡故意准备了一只盖有木板的大水缸,让西施在上面表演《响屐舞》,水缸里水的回音和木嘀跺声发生共鸣,妙不可言,西施在"台上"的舞蹈惊艳了所有的看客。夫差得到西施后大喜,就在姑苏

▲苎萝山风景

建造春宵宫，又为西施建造了表演歌舞和欢宴的馆娃宫、灵馆等。西施擅长跳《响屐舞》，夫差又在御花园的一条长廊中，命人把廊挖空，放进数以百计的大缸，上面铺上木板，取名"响屐廊"。西施脚穿木嘀跶，裙系小铃，在婀娜优美舞姿中，木嘀跶踏在木板上，清脆的回声和裙上小铃清脆欢快的叮叮当当声相互融合，别有一番江南船上踏歌的情调。

西施的《响屐舞》让吴王夫差看得如醉如痴，他整日沉湎在歌舞和酒色之中，西施的一颦一笑深深地牵动着夫差的每一根神经。甚至西施的心绞痛，手抱胸前，微皱眉毛的病态状，对夫差来说，也是娇媚柔婉，风情万种。夫差生活在温柔乡里，哪顾得了朝政，于是，民不聊生，百姓怨声载道，导致他走向亡国丧身的道路。

而西施的木屐舞凭着其特殊的舞蹈魅力在坊间流传下来，如今，诸暨西施的故乡，更是把西施的木屐舞挖掘出来，作为广场舞的必跳舞，它的一招一式，经过与舞蹈动作的有机融合，别具一番韵味，江南姑娘如水的容颜，妖娆的舞姿，成为江南舞蹈的一绝。

第四部分　风物文化

霸王鞭

陈孝平

诸暨勾乘山村（厚溪自然村），有一种流传千年的民间传统舞蹈叫霸王鞭。在喜庆或节假日活动时，也许有机会能看到这个传统舞蹈的表演。

霸王鞭舞初为一男一女表演，鞭长三尺，鞭杆用彩带缠裹，装置小铁环、小铜环。男的头戴红布缠圆圈帽（将军帽），身着古装，束腰带，穿软鞋，

▲传授霸王鞭

手持鞭，起舞磕打四肢，威武雄壮；女的头扎花，身穿彩衣、彩鞋，手拿彩棒，含情脉脉伴舞，乡土气息浓郁。

民间舞蹈霸王鞭（又作秧歌棒、金钱棍，其表演称为打连厢）一直流传于安华镇厚溪村一带。新中国成立之际，民间还较盛行。此后，霸王鞭这一民间舞蹈便逐渐衰落、罕见，甚至湮没无闻。在霸王鞭这一民间舞蹈濒临失传之际，安华镇勾乘山村老年协会及时进行抢救挖掘，才使其得以保存下来。绍兴市非物质文化遗产传承人宣国芬说："这个霸王鞭一直是口头相传，到 2008 年 11 月，由宣善明老师整理出来，才有了文字记载，并列入市非物质文化遗产。近百年来，流传到她这里已经是第四代了。"霸王鞭流传年代久远，据说与当年勾践称霸有关。

相传越王允常在勾嵊山建都称王，疆土扩大到千里之外。但因与邻国吴国不和，时常发生摩擦。

越王勾践元年（前 496），吴王阖闾得知允常去世，勾践即位国内不稳的消息，于是出兵攻打越国。越王勾践用死士在阵前自杀的战术，大败吴于檇（zuì）李，阖闾被射伤，死后夫差即位。夫差发誓要报复越国，于是

◀ 霸王鞭非物质文化遗产第四代传人

发展经济、训练精兵，三年后达到国富民强。

越王勾践三年（前494），吴王夫差击败勾践于夫椒，并把他围困在会稽山上，勾践派遣文种贿赂吴国宰相伯嚭，向吴国求和。越王勾践在吴国为奴，三年后被吴王赦免回国。

越王勾践"卧薪尝胆、十年生聚、十年教训"。勾践十五年（前482），吴王夫差兴兵参加黄池之会，以彰显武力率精锐而出。越王勾践抓住机会率兵而起，大败吴师。

公元前478年，勾践再度率军攻打吴国，在笠泽三战三捷大败吴军主力。越王勾践二十四年（前473年），越军破吴都，迫使夫差自尽，灭吴称霸，成为春秋时期的最后一位霸主。

据李白《越中览古》："越王勾践破吴归，义士还乡尽锦衣。宫女如花满春殿，只今惟有鹧鸪飞。"吴王自杀，吴国被灭的消息迅速传到越国各地，全国军民热血沸腾，庆祝胜利。

消息传到勾嵊山的一位越国宫廷乐师的耳里，他兴奋得睡不着觉。想当年他在楚国做宫廷乐师时，因操劳过度，在排演时打了一个盹，得罪了贵妃。此事被楚王知道后，一顿鞭打，存下半条性命，还被驱逐出城外。乐师一路流浪到了越国，在路上又被流氓欺负，幸好被路过的越王允常解围。允常见他虽衣衫破烂，但感觉气度不凡，经了解原来是楚国逃难来的宫廷乐师。允常刚称王，正好需要各方面的人才，就聘请他到宫里担任首席乐师，从此生活就安定下来。

勾践继位后，见他教舞蹈累，平时赐给他一些猪、牛肉作为奖励。想到两位越王对他的关心，他内心十分激动，如火一样燃烧，连夜编写了优美、激昂的舞蹈"霸王鞭"。当地军民载歌载舞，欢聚一堂。从此，霸王鞭就在勾乘山村一带流传下来。

霸王鞭传承人宣国芬说："我自2000年从宣善明老师那里学得霸王

鞭舞蹈，已经教会20多人。霸王鞭是民间舞蹈形式，过去一直用于农家、单位喜庆，或节假日才会去表演。"近年来，霸王鞭多次参加市、镇、村组织的表演活动，受到上级领导和广大群众的好评。

霸王鞭作为一种需要乐器和舞具协助的舞蹈形成，表演时表演者手执霸王鞭的中央，上下左右舞动，并用鞭端，轮回磕打身体的肩、胸、背、四肢等关节，发出清脆悦耳、有节奏的响声。由此引发上身的拧摆及腿部动作的变化和跳跃，形成各种优美的舞姿和动作。其动作既有体操柔软、干净、利落、整齐的美感，又有田径弹跳、旋转、奔跑、跳跃的激情。

表演者边舞边歌，曲调多为民歌小调，节奏欢快，风格鲜明。内容大部分反映的是劳动和爱情，并穿插多样的舞步和队形。当表演进入高潮时，节奏欢快，动作幅度增大，穿插自如，气氛活泼，是一项手、脚、腰、身、头同时参与运动的传统歌舞艺术。宣国芬说："霸王鞭的道具分为单鞭和双鞭。单鞭一般用竹或木制成棒，长80厘米，分5节眼，每节挂三五枚铜钱或铁环。双鞭一般用竹或木制成棒，长50厘米，分2节眼，每节挂三五枚铜钱或铁环。把竹竿包装成美丽的花棒，两头做成像鞭子一样的装饰。"

说到霸王鞭动作要领，宣国芬说："霸王鞭舞起初仅为单鞭，动作以用鞭端磕打四肢为主，最初的打法为'八点法'，即一点磕左手，二点磕右肩，三点磕左肩，四点磕大腿（平抬），五点磕左小臂，六点磕右大腿（平抬），七点磕右腿（平抬），八点磕左脚掌（由身后跳起）。"

"八点法"看上去比较简单，一学就会。后来经诸暨市文化馆工作人员的挖掘改进，发展为现在的"四十点法"，即在原"八点法"的基础上，又增加了三个"八点"，两个"四点"。磕打的位置不再只局限于四肢，还可磕打手腕、腰、腿外侧、后肩等部位，还有双鞭互磕、触打地面等动作，而鞭也由单鞭变成双鞭。以后又由一长一短的双鞭变成了两根一样长的双

第四部分 风物文化

▲越王勾践鼓舞士兵饮酒雕塑

▲勾践、范蠡、文种（绍兴柯桥风景区雕塑）

鞭，以示两代越王（允常、勾践）在此建都。彩带绕鞭 10 多圈，代表勾践卧薪尝胆，励精图治，越国灭亡吴国前前后后一共用了 20 多年的时间。

　　随着社会发展和进步，霸王鞭舞蹈艺术在表演的内容和形式上都具有了新的内涵，从过去单一的喜庆活动，逐步演变为一种具有一定仪式性的、群众性的文化娱乐活动，并以生动活泼的形式、丰富多彩的内容和浓厚的地方特色成为人们强身健体、自娱自乐、沟通情感、美化生活、增强团体凝聚力的重要方式，构成社会文化生活的重要内容。

第四部分　风物文化

蚕茧馃

顾　春

◀蚕茧馃

　　传说，很久以前，在越国勾嵊山脚下住着一户人家，家里有一个孤苦伶仃、二八芳龄的女儿，她母亲已经去世，而父亲到远方去做生意了。因此，她精神空虚无聊，更加渴望亲人的慰藉，因此她和她喂养的白马成了朋友。每天和马儿在山间走动，看看自然，摘摘山花，采集野果子，在小河边戏水、玩乐。她唯一的乐趣就是和马儿在旷野上奔跑，享受风驰电掣的快感；或者抚摸着马儿，和马儿嬉闹、追逐；甚至和它说说知心话，聊天打发时光。奇怪！马儿好像能够听懂她的话儿一样，和她厮磨，和她亲热，载着她到处转悠。她们成了形影不离的好朋友。

　　有一天，天阴沉沉的，整个山间笼罩在雾霭中，好像有黑云压顶的感觉。女孩环视着空旷的田野，黑黝黝的山岭，奄拉的路边野花，家中冷清清的，一股落寞感油然袭来，不禁半开玩笑半当真地对马儿说："马儿啊

203

马儿，若是你能让我父亲马上回家，我就真心感谢你，而且嫁给你。"白马闻言竟点了点头，仰天长啸一声，随即挣脱缰绳，向远处飞奔而去。没过几天，白马真的驮着女孩的父亲回到了家中。

女儿感到一阵惊愕，但更多的是高兴和满足。和父亲有说不完的话，父女俩享受了从来未有的天伦之乐，生活一下子灿烂无比。但是从那以后，白马一见到她就高兴地嘶叫起来，同时依偎在她身边久久不肯离去，好像恋人之间的深深依恋。

说实话，女孩了解白马的心思。虽然女孩很喜欢白马，但马就是马，马脱不了"畜生"的代号，怎么可能"人马合配"呢？女孩对过去的承诺有了些许懊悔，更因自己口不择言而自恼。父亲知道这个实情后，在一个月黑风高的夜晚，来了一个偷袭，一箭射向马的脖子，只听见马儿一声长嘶，轰然倒地，鲜红的血喷洒在院子的桑树上，留下斑斑血迹，马儿到死都不能闭目，紧紧地盯着女孩的父亲，女孩的父亲更加残忍，不开心地大声嚷："你看你看，我让你看，我要把你的皮剥下来。"父亲真的把马皮剥下，晾在了院子里，准备另当别用。

当女孩发现血淋淋的马皮时，为时已晚，女孩大哭起来，深深的懊悔和自责一齐涌来，连忙飞奔过去抚摸着马皮伤心地痛哭起来："马儿，马儿，是我害了你，你对我有多好，我都记着。我饿了，你会给我带东西；我不高兴了，你会安慰我；我遇到危险了，你会拼着生命保护我，虽然你不能说话，但我了解你的心。马儿呀，我错了，我真的错了，假如你有灵性，我愿意随你左右，请你把我带走吧。"刚说完，马皮从竹竿上飘落下来，正好裹在女孩身上，紧接着，院子里刮起了一阵旋风，马皮顺着旋风滴溜溜地打转，把姑娘越裹越紧，转眼间，姑娘就不见了踪影。

几天后，村民们在树林里发现了那个失踪的姑娘，雪白的马皮仍然紧紧地贴在她身上，她的头也变成了马头的模样，原来她和马儿合体，变成了"蚕茧"。然后，她趴在树上扭动着身子，嘴里不停地吐出亮晶晶的细丝，把她们的身体缠绕起来，好像要把她们的相思化作千言万语，千丝万缕，想告知大家，她们的相思和她们的美好梦想，请求大家把蚕茧变成美好的织品，成就她们唯美的爱情。同时在桑树上结出了许多桑葚，一颗颗似椭圆形，晶莹亮润，密密麻麻排列在桑枝上，且成双成对，据说那是马的鲜血染红的，原来那深红色的桑葚是她们甜蜜爱情的结晶。从那以后，江浙一带就有了"蚕花娘娘"的故事以及"蚕花娘娘的供神"的由来。并且在勾嵊山脚下的勾乘山村，有一座蚕花娘娘庙，里面摆设简单，年代久远，但据说非常灵验。

传说蚕花娘娘在世时最爱吃小汤圆，因而每年蚕宝宝三眠后，蚕茧丰收在望之时，或者开蚕季节，蚕农们纷纷以糯米粉为之作茧形，有青白两种，青者用佛耳草汁（糯米青）染之，祭祀"蚕花娘娘"，分邻儿食之，谓之"蚕茧馃"，作为祭品，来酬谢蚕花娘娘的保佑，或者做成蚕茧馃在饭架子上蒸熟，分享给大家。至今这种风俗仍然在这一带流传。

后 记

《勾嵊山传奇》终于与读者见面了。

诸暨被称作"越国古都",乡民们称自己是"於越子民"。据史料记载,勾嵊山曾经叫作勾乘山、勾无山、九层山,是越国在会稽(今绍兴)建立都城之前的"故都"。吴越争霸,越国的政治、经济、军事、外交、文化活动,很多都是以勾嵊山为舞台渐次展开的,此山成为越国的摇篮和古越文化的重要发祥地。

一座青山,两代越王;卧薪尝胆,一雪耻辱。回望历史,在范蠡、文种两位谋士的辅佐下,越王勾践"十年生聚,十年教训",换来国库丰足,兵强马壮,一声号令,举旗伐吴,兵锋所指,让称霸多年的吴国终于灰飞烟灭。

越王进而引兵北渡江淮,与齐、晋诸侯会地徐州,号令齐楚秦晋,辅佐周室,赢得周元王赐勾践胙,被封为诸侯之伯,成就春秋霸业……其间英雄美女,计谋武功,忍辱负重,九曲回肠,演绎了一出出波澜壮阔、荡气回肠的历史宏剧,在历史的长河中久久传颂。其渊源,让勾嵊山无可争辩地成为"越国故都"最具说服力的"血统证明",成为发展文化旅游事业的一张熠熠发光的金名片。

勾嵊山是一片神奇的土地。出诸暨南门30千米,山峰峻峭挺拔,层峦叠嶂;越溪之畔,山水相依,九曲十八弯,逶迤相连。这里就是勾嵊山。

后 记

左丘明《国语》云："勾践之地，南至于勾无。"《诸暨县志》记载："越王勾践曾栖于此，今冈上有古迹遗址，俗名越王墓，又称王坟冈。""金戈铁马风鸣镝，雪埋尸骨血染沙"。这是一座被历史尘埃湮没的历史名山，更是荡漾着於越文化浩然正气的英雄之山，这里不但每一寸土地都散发出穿越2500年时空的"王者之气"，这里的每一个山岗、每一块石头、每一处草滩、每一座古桥，也都蕴藏着慷慨激昂的铁血英雄故事，以及"陌上花开蝴蝶飞，江山犹是昔人非"的委婉曲折传奇。

《勾嵊山传奇》记录了以越王勾践为代表的古越国由弱到强的悲壮创业史，讲述了史上最屈辱的"为奴秣马"的故事以及"卧薪尝胆"励志典故，同时还挖掘出鲜为人知的勾践之妻雅鱼（越国王后）为夫君越国春秋霸业而忍辱负重，生死追随，不离不弃的爱情传说，以及勾嵊山的山川河流、风物民情等。

"满堂花醉三千客，一剑霜寒十四州"。发生在勾嵊山一个个离奇、稀奇、惊奇的传奇故事，饱含了浓郁的生活气息，丰富多彩。作家通过白描手法，以散文化的语言，穿插运用当地的俚语和俗语，"集天地之正气，聚人文之雅韵"，娓娓道来，愉悦读者的心。浓浓的乡土韵味，拓展了作品的内涵与深度，使本书增加了可读性，更立体丰满，精彩纷呈。

勾嵊山文化旅游开发是一项浩大繁复的文化传承系统工程，《勾嵊山传奇》则是其重要组成部分，凝聚着诸暨人民太多的心念与乡愁。十几年来，勾嵊山多次被列入市、镇、乡、村文化旅游开发重点项目计划，但由于资金和牵头人选等问题，久久悬而未决，议而未行。近年来，勾嵊山文化村建设的兴起，才终于尘埃落定，为这项"功在当代，利泽后人"的大业奠定基础，有了一个好的开头。

这次我们邀请了十多位诸暨作家和文学创作者，通过两年多的考察和采风，搜集涵盖诸暨古越人文、地理、民俗民风的丰富史料，对勾嵊山口口相传的民间故事进行了收集和深度的提炼加工,于是就有了《勾嵊山传奇》。这里面不但蕴含了作家们对生于斯、长于斯的勾嵊山传奇人物和传承至今不屈不挠、矢志图强精神的膜拜,更是对这座"王者之山"致以崇高的敬意!

  一书之成,百众之功。本书在创作和出版过程中,得到社会各界人士的热情关注和大力支持。在此我们特别要感谢悉尼科技大学博导,中国美术家协会、书法家协会会员郭牧先生为本书题写书名;感谢绍兴市特聘专家吴延熊教授和宣友浪先生拨冗为本书作序;还有中国手工艺大师、国家一级美术师钟纪浩先生为《勾嵊山传奇》一书的封面作画;更要感谢中共安华镇党委和人民政府、勾乘山村"两委"的鼎力支持,还有诸暨市民间文艺家协会、诸暨市作家协会的通力合作。

  最后,对在采访中给予热情引领和介绍的洪伟校、宣善导、麻志明先生,还有提供精美图片的各位摄影作者的辛勤创作,以及付出辛勤劳动但却未曾留名的幕后英雄,在此一并致以真诚的谢意。

陈孝平

辛丑年初秋